MW01715613

LA RUCHE est un espace littéraire bourdonnant où se déploient les voix contemporaines d'Hurtubise. Cette collection invite à redécouvrir des romans qui explorent les relations humaines. Des histoires réalistes racontées de manière tantôt drôle, tantôt émouvante, tantôt nostalgique, qui traduisent avec justesse des préoccupations modernes.

DE LA MÊME AUTRICE

Cœur de slush, roman,
Montréal, Hurtubise, 2014.

Lèche-vitrines, roman,
Montréal, Hurtubise, 2016.

Maxime, roman,
Montréal, Hurtubise, 2017.

L'Académie. L'été d'avant, roman,
Montréal, La Bagnole, 2018.

L'Académie. L'été d'après, roman,
Montréal, La Bagnole, 2020.

La madrague, nouvelles,
Montréal, Québec Amérique, 2020.

Les fourchettes, nouvelles,
Montréal, Hurtubise, 2020.

Au lac D'Amour, roman,
Montréal, La Bagnole, 2021.

Cœur de slush

Sarah-Maude Beauchesne

Cœur de slush

LA RUCHE • HURTUBISE

Catalogage avant publication de Bibliothèque et Archives nationales du Québec et Bibliothèque et Archives Canada

Titre : Cœur de slush / Sarah-Maude Beauchesne.
Noms : Beauchesne, Sarah-Maude, 1990- auteur.
Description : Réédition. | Mention de collection: La ruche
Identifiants : Canadiana 20220003181 | ISBN 9782897818586
Classification : LCC PS8603.E282 C63 2022 | CDD C843/.6—dc23

Les Éditions Hurtubise bénéficient du soutien financier du gouvernement du Québec par l'entremise du programme de crédit d'impôt pour l'édition de livres et de la Société de développement des entreprises culturelles du Québec (SODEC). L'éditeur remercie également le Conseil des arts du Canada de l'aide accordée à son programme de publication.

Financé par le gouvernement du Canada | Canada

Conception graphique : Sabrina Soto
Illustration de la couverture : Dmitry Yakushev (Shutterstock)
Maquette intérieure : Catherine Charbonneau
Mise en pages : Nathalie Tassé

ISBN 978-2-89781-858-6 (version imprimée)
ISBN 978-2-89723-443-0 (version numérique PDF)
ISBN 978-2-89723-444-7 (version numérique ePub)

Dépôt légal : 2e trimestre 2022
Bibliothèque et Archives nationales du Québec
Bibliothèque et Archives Canada

Diffusion-distribution au Canada
Distribution HMH

Diffusion-distribution en Europe
Librairie du Québec/DNM

Imprimé au Canada
www.editionshurtubise.com

Un peu à Andréane.

1

PIERRE

J'ai appliqué beaucoup de crème solaire sur ma peau ce matin avant de partir. Mon père m'avait conseillé d'en beurrer épais sur mon nez surtout. Mais un feu de camp de vacances me brûle le corps. C'est peut-être le soleil qui haït ma peau. Il veut se venger de je ne sais pas quoi. Il a sûrement ses raisons. Le soleil a toujours ses raisons, j'imagine.

J'ai étendu deux couches de crème qui coûte cher sur mon nez, mes joues, mes jambes, mes bras, mes épaules, mais je ressemble quand même à un crabe. En face de moi, il y a un miroir en forme de cœur avec mon reflet dedans, un reflet rouge qui ne sourit pas.

Je suis fâchée contre l'été, aujourd'hui. Il me maltraite.

Ma peau est rouge suçon aux cerises, rouge crabe, rouge homard d'Ogunquit. J'ai passé huit heures à souffler dans un sifflet, à me crémer le nez, à crémer le dos des autres, à regarder des enfants se baigner et faire pipi dans l'eau, à désinfecter des bobos de petits gars qui courent autour de la piscine à vagues. Huit heures dans la lune, à cuire. J'étais dans la lune parce que je souhaitais fort qu'il se passe quelque chose et ça m'occupait la tête au complet, quelque chose qui changerait mon moi, mon quotidien, mes jours d'été, mes nuits aussi.

Je croise les doigts et je répète dans ma tête : « S'il vous plaît, madame la Vie (parce que la vie, c'est sûrement une madame), faites que la terre tourne dans l'autre sens, faites qu'il m'arrive n'importe quoi. »

Mais le mois d'août est vieux, presque à la fin de sa vie, et il ne s'est rien passé. Madame la Vie, la chipie, ne s'est pas essoufflée pour moi. L'été est fatigué et je suis une fille-crabe qui désinfecte des genoux écorchés de petits gars énervés, qui grille sur une chaise de sauveteur pour pouvoir se payer des jeans et de la Bud Light avec de la lime dedans.

Je suis fâchée contre l'été trop calme et trop chaud, je suis fâchée contre la vie aussi. Ils se mettent à deux pour m'énerver.

Je suis pourtant sage, plus sage que pas sage en tout cas, ça c'est sûr.

Il est vingt heures. Dehors, il fait clair à moitié. J'ai le corps à l'air dans ma salle de bain, je sors de la douche, l'eau s'évapore de ma peau, je croise les doigts et les orteils, et je répète tout haut un vœu qui s'est promené en boucle dans mon cœur pendant tout l'été, de mai jusqu'à aujourd'hui. Depuis qu'il fait assez chaud pour porter des robes soleil, je souhaite tomber dans le vide, me laisser attraper par quelqu'un les yeux fermés. J'aimerais que des mains de garçon apparaissent juste à temps pour que je ne m'écrase pas sur le gazon la tête la première. J'aimerais que des bras de garçon m'attrapent dans ma chute d'adolescente toute seule dans l'air d'été. C'est long, être toute seule quand il fait chaud comme ça.

J'aimerais qu'il y ait des morceaux de magie dans ma soirée, au moins. Ça ne m'arrive jamais. Et il est temps que je me transforme en fille-femme, en fille presque femme, mais pas tout de suite en femme. Je veux me transformer en ce qui vient après le collège privé et les jupes d'uniforme qu'on raccourcit avec des ciseaux à bricolage. Je crois que je suis prête à couper mes cheveux, à peinturer mes ongles avec des couleurs foncées, à parler plus lentement, à choisir mes mots, à rire moins fort, à briller plus des yeux. Je pense qu'à dix-sept ans, j'ai le droit de me sentir trop grande dans ma peau et de vouloir m'étirer le corps et me changer.

J'enfile ma robe de chambre et ma sœur cogne à la porte. Ça sent le jasmin, le lilas, la noix de coco, le sable du Club Med et la gomme aux fraises. Elle a encore mis trop de parfums différents, elle n'est jamais capable d'en choisir juste un.

— Billie, es-tu toute nue ?

— Non, pas toute nue, entre.

Annette est déjà prête, elle porte une robe noire, un veston fleuri et ses cheveux brillent. Souvent, toujours, elle est plus belle que moi, elle a l'œil pour ce qui est beau et ses cheveux sont comme ceux des femmes dans les films. Elle me console en me répétant que c'est parce qu'elle a eu deux ans de plus que moi pour les brosser. Alors, vu que c'est perdu d'avance, je ne brosse jamais mes cheveux. De toute façon, j'aime bien quand il y a des nœuds des fois, pas trop gros, dans ma queue de cheval.

— T'es belle, Annette.

Mes cheveux à moi sont mouillés, mêlés et j'ai le nez rouge coup de soleil.

— Toi, t'es loin d'être prête, en tout cas. Pis t'as pas assez crémé ton nez aujourd'hui.

Elle s'assoit sur le comptoir et me tend un énorme verre de plastique bien plein.

— Tiens, bois ça, ça goûte la plage pis les niaiseries.

Dès que le liquide touche ma langue, je recrache la gorgée dans le lavabo.

— Arke ! Du brandy ?

Annette sourit de toutes ses dents, elle a le sourire tannant.

— Du brandy. Allez, Billie, une gorgée chaque minute.

Je prends une première vraie gorgée que je laisse glisser sur ma langue et dans ma gorge, ça pique, ça chauffe et mes yeux se mouillent. C'est bon-dégueulasse. Paraît qu'après la huitième fois, on goûte moins, on sent moins, ça picote moins aussi.

Annette ouvre la fenêtre de la salle de bain, il vente et ça gèle mes doigts et mes pieds encore mouillés. Dans le miroir, ma peau est rouge vin qui coûte cher, mes cheveux roux pas courts pas longs s'aplatissent sur ma tête et frôlent mes épaules picotées. Mes yeux verts sont vraiment verts, plus que d'habitude, ils sont vert gazon frais coupé. C'est peut-être un signe que la soirée sera magnifique ou magique.

Je fais le vœu d'une soirée arc-en-ciel avec des chaudières de pépites d'or aux extrémités.

Annette me regarde me regarder dans le miroir, elle reste silencieuse en sirotant son verre, grimace un peu moins à chaque gorgée. Elle soupire, écaille son vernis à ongles parce qu'elle n'a rien de mieux à faire, moi j'enfile un pantalon, un jeans troué que j'ai acheté hier. Je trouvais ma vie triste, alors j'ai dépensé ma paie : un jeans, des bottes en cuir et des boucles d'oreilles.

En avalant une longue gorgée de brandy Annette me dit :

— Penses-tu qu'on va passer une belle soirée ?

Je lui fais signe de se tourner, puis j'attache mon soutien-gorge, un soutien-gorge bleu qui cache deux petits seins blancs pas si beaux.

— J'espère que oui, parce que j'ai fait des vœux toute la maudite journée.

— Peut-être qu'on va rencontrer des beaux Américains qui ont des épaules larges, le sourire large, les dents en diamant pis plein d'argent pour nous acheter des cadeaux.

— Peut-être. Croise les doigts. Moi, je prédis que tu vas embrasser soit Simon, soit Paul, soit les deux.

— Paul est parti étudier à Londres, ça fait loin juste pour frencher...

Ma sœur a la bouche en feu les soirs de fête, quand ce n'est pas l'un, c'est l'autre, elle est irrésistible, tous les garçons de la ville le disent. Je lui fais signe de me suivre, la vapeur de la douche me donne mal à la tête.

Dans ma chambre qui communique avec ma grande salle de bain juste à moi, ça sent mon parfum ; ça sent les tulipes, la vanille et l'été (la crème glacée, le soleil, les sandales, le gazon, les petits fruits). Je rougis mes joues avec de la poudre Dior (celle de ma mère), je noircis mes yeux avec du mascara et je mouille mes lèvres avec du baume à la *rootbeer*. Je voudrais que notre soirée répare toutes les petites déceptions qui m'ont planté des épines dans le cœur depuis quelque temps.

Étienne, c'est ma plus grosse épine estivale. Jusqu'à maintenant. Je l'ai rencontré au parc aquatique. Il arrose tout le temps les filles, elles trouvent ça drôle et se laissent achaler avec de l'eau de glissade d'eau. Elles se laissent faire parce qu'Étienne est grand et que sa peau est rôtie par l'été et parce qu'il parle fort et qu'il a une tête de mort tatouée sur l'avant-bras. Les filles se laissent faire aussi parce que des fois, il en choisit une et il l'emmène faire un tour de quatre-roues dans le stationnement après la fermeture.

Étienne le réparateur de glissades, un après-midi de pluie, hésitait entre moi et une autre pour sa promenade de quatre-roues. J'étais convaincue qu'il allait me choisir moi parce que plus tôt, à l'heure du lunch, il m'avait complimentée sur mes taches de rousseur et sur l'étroitesse de mes hanches dans mon maillot de bain rouge. Mais son choix s'est arrêté sur Shannon, la fille qui parle presque juste anglais. Je pleurais, mais personne ne l'a remarqué, il pleuvait trop. La météo a caché mes yeux tristes, comme dans les chansons, comme dans les films. Depuis cet après-midi-là, j'ai une épine de la grosseur d'un pousse-mine plantée dans la fesse gauche de mon cœur.

Ça m'achale.

Annette décroche un cadre au-dessus de mon lit; c'est nous deux, on sourit, il me manque une dent en avant. Elle a les cheveux longs comme une princesse, moi les miens sont bien courts, je ressemble à un p'tit gars et j'ai l'air d'aimer ça.

— Billie, t'étais pas ben belle dans c'temps-là.

J'avale une gorgée de travers. Elle rit, ça me fait rire, ça la fait rire, on rit pour pas grand-chose, c'est juste le fun de rire les soirs d'été en buvant du brandy.

J'enfile un t-shirt noir et mes nouvelles bottes un peu chères. Mon reflet dans le miroir de ma chambre me plaît: mes jambes sont longues, mes joues sont rouges (presque trop), mes yeux brillent (à cause du brandy, sûrement) et je souris avec les dents parce que c'est plus sincère comme ça.

— J'suis prête, Annette.

J'accroche des boucles d'oreilles en forme de cœur à mes lobes, elles sont lourdes. Je fais un autre vœu: je souhaite briller plus fort que ma sœur belle tout le temps, juste pour une fois.

La deuxième plus grosse épine de l'été, elle s'appelle Simon le peintre de gazebo. Avant que ma mère redevienne aussi adolescente que moi, avant qu'elle nous fripe le cœur, à mon père, ma sœur et moi, elle s'occupait chaque été de peinturer en blanc le gazebo dans la cour. Mais au mois de mai dernier, mon père a dû engager quelqu'un pour le faire parce que la peinture s'écaillait, le gazebo devenait gris. Simon est arrivé le 3 mai avec des shorts en jeans et pas de t-shirt, trois gallons de peinture et beaucoup de pinceaux de plein de grosseurs différentes. Il a sonné à la porte, j'ai répondu en pyjama d'été. Il m'a dit « Allô », il a serré ma main.

— Moi, c'est Simon, le peintre de gazebo. Toi, c'est quoi ton nom ?

J'ai répondu :

— Heuuu, Billie, ouais, mon nom c'est Billie.

Je crois qu'il l'a oublié dans la seconde parce qu'Annette se dandinait dans l'entrée en petit maillot de bain avec des paillettes sur les fesses pour me voler la vedette. Ma sœur a la bouche en feu n'importe quand finalement, pas juste les soirs de fête, parce que plus tard dans l'après-midi, ils se bécotaient sur le trampoline derrière les gros sapins dans le fin fond du terrain. Ils se bécotent souvent depuis cette journée-là.

Pendant que j'appliquais de la crème à l'aloès sur mes coups de soleil, que je peinturais mes ongles avec des couleurs trop pâles et trop jeunes, que j'écrivais des poèmes sur Simon et sur Étienne dans des cœurs dessinés en crayons de cire rose avec des bouches qui donnent des becs dessinés en crayons de cire rouge, ma sœur brillait sans faire d'efforts. Entre sœurs, c'est compliqué et ça ne l'est pas en même temps, c'est de l'amour fou et de l'envie, c'est de l'amour fou et de la douce jalousie. Mais je crois qu'en vieillissant, ça deviendra de l'amour tout court. J'espère briller un jour autant qu'Annette. Elle est parfaite, c'est une femme, une vraie. Du corps jusqu'au dedans de la tête.

Moi, quand je suis triste, je redeviens une fille-enfant et quand je ne suis plus triste, je suis presque une fille-femme, ça devient mêlant des fois.

« Allô, madame la Vie, est-ce que je peux être cool ce soir, est-ce que je peux attirer l'attention ce soir, comme une femme, s'il vous plaît ? »

En enroulant un foulard de fausse soie autour de son cou, ma sœur me fait un clin d'œil.

— On est jolies, c'est fou.

Mes boucles d'oreilles se balancent à mes lobes, elles les déforment, mais je crois que pour une fois, l'été me rend un peu plus belle. Les compliments d'Annette aussi me rendent plus belle, ça me fait le plus doux des velours et je la crois un peu.

Dans ma sacoche de cuir, je traîne les Marlboro à la menthe d'Annette et la bouteille de brandy que notre père utilise pour cuisiner. Il va se rendre compte qu'elle a disparu seulement à Noël, il cuisine juste à Noël. Il fait cuire des pâtes le reste du temps. On marche et Annette fume, moi je tousse, l'air qu'elle expire sent le pas propre. Elle ne fume jamais ou presque, seulement lorsqu'elle n'a rien d'autre à faire que de souffler de la boucane mentholée dans l'air d'été. Annette dit que ça lui donne une attitude de leader nonchalante. Je sais pas.

Plus on avance, plus il fait noir. Il y a un peu de vent dans mes cheveux pas peignés. Mes bottes neuves râpent mes talons, ma sœur marche pieds nus sur le trottoir, ses ballerines la font souffrir, elle les tient du bout des doigts.

— Tes pieds vont être sales.

— M'en fous. On s'en va dans un champ de blé d'Inde, Billie, tu vas te salir *anyway*.

— OK, d'abord.

Et j'enlève mes bottes.

— On s'en va chez qui exactement, Annette ?

— Je pense que c'est un beau garçon avec un nom spécial qui organise la fête.

— Ah...

— Paraît qu'il est blond et qu'il est champion de je sais pas quoi. De vélo, je pense. Un gars de mon âge, là...

— Sais pas. J'connais pas de champion, moi.

On marche lentement pour ne pas blesser nos pieds tout nus. On coupe à travers champ pour rejoindre un chapiteau, la musique est forte, ça empêche les vaches de dormir. Et on ne dit rien, on pense aux garçons qu'on ne connaît pas, qui sont là-bas, qui sont beaux, sûrement, qui ne sont pas fins, souvent. On pense aux garçons qui nous font rire avec leur maladresse, aux garçons qui sont juste beaux de la face et pas du dedans, et aux garçons qui sont beaux de partout aussi.

Si ça existe.

Ça existe, des garçons beaux de partout ?

Ils sont où, hein ?

On est silencieuses et moi je pense à mon corps qui pousse et qui fait peur à ces garçons-là, les beaux de partout. C'est peut-être moi qui ai peur d'eux aussi. C'est mêlant, je sais plus.

— Annette, on dirait que j'aimerais ça frencher ce soir.

Elle sourit, elle cligne de l'œil gauche, elle me tend une cigarette.

— Allez, Billie, une minicigarette pour la chance...

Je l'allume. J'aspire, je tousse, je la tends tout de suite à ma sœur. Trop dégueulasse. Elle me lance une gomme à la menthe, je l'attrape de justesse, je mâche, je souris, mes cheveux se mêlent avec le vent de nuit. La lune est un croissant au beurre ce soir.

J'aimerais beaucoup que ma nuit soit sucrée, pour une fois, pour la fin de l'été. J'ai cette envie de partager mes lèvres avec un garçon, ce soir, je l'ai souvent en dedans de moi, cette envie-là. C'est arrivé plusieurs fois, c'est toujours un sentiment qui me fait un peu peur parce que ces temps-ci, il vient avec l'envie d'aller plus loin dans le toucher, plus loin dans les frissons du corps, plus loin que dans la proximité des bouches, des dents, des langues. Je voudrais rapprocher mon corps tout nu d'un autre corps tout nu et faire des affaires, juste pour voir.

Je suis tannée de ne pas voir. Je dis à Annette que je veux partager mes lèvres, juste mes lèvres, mais au fond de moi, je voudrais me partager au complet, je pense.

On croise des gens dans le noir. Il y a des amoureux qui s'embrassent sur les bottes de foin, des filles qui pleurent sûrement parce que ci, parce que ça, parce que n'importe quoi. Les filles pleurent parce que lui, il a dansé avec elle, parce qu'elle, elle a embrassé lui, parce que lui, il a trop bu et parce qu'elle, elle avait des attentes et que c'est bien moins le fun que prévu.

Les filles, ça pleure beaucoup dans les soirées comme ça. Elles pleurent en dominos dans les fêtes en plein air l'été.

J'enfile mes bottes, Annette enfile ses souliers, mes orteils sont coincés, mon jeans me serre les hanches tellement il est ajusté. Mais je me sens fraîche. Je n'ai ni chaud ni froid, je suis tiède, j'ai de longs cils et le nez plein de taches orange et brunes qui me rajeunissent un peu. Ça doit faire une trentaine de minutes qu'on marche pas trop droit mais quand même, et je garde les doigts croisés, le majeur et l'index bien enlacés. Ils font probablement beaucoup d'efforts pour que mes vœux se réalisent.

Annette chante fort en anglais, elle invente des mots.

— *Aaaah schwing-a-lang-wana-wanglaaaaaaa-swirlem-ahhhh !*

J'accélère le pas et mon cœur bat vite. Mes dix-sept ans m'essoufflent.

— Ma sœur, ce soir, ce sera magique.

Annette acquiesce en écrasant un dernier mégot de Marlboro avec son talon.

En entrant sous le chapiteau, je replace mes cheveux presque secs, je bouge mes orteils pour les dégourdir, je pince mes joues pour les rougir, j'hydrate mes lèvres avec mon Lipsyl à l'Orange Crush (j'en ai un au parfum de chaque boisson gazeuse), je décroise mes doigts, je vais laisser la vie tranquille, je vais la laisser faire de la magie. Annette prend ma main et me tire vers le bar, on s'assoit en tailleur sur les bottes de foin alignées devant.

Sur la piste de danse, je reconnais une vingtaine de visages dont celui du beau Justin, de Béatrice ma-voisine-de-gauche-qui-habite-dans-la-grosse-maison-qui-ressemble-à-un-château, de Bobby le pas-*full*-fin et de plein d'autres ados qui me ressemblent beaucoup trop, avec les mêmes tourments, le même jeans, les mêmes insécurités, les mêmes souliers chers.

Il y a aussi Rosine tout au fond, qui danse fort avec Marie, avec Juliette, avec Philippe, des amis d'école que j'aime, des amis de fin de secondaire, des vieux adolescents, des amis en mutation, des amis qui changent. Comme moi, je pense. Le cégep va nous séparer, je le sens. Ils partent tous pour Montréal demain matin. Moi je reste ici. Je ne suis pas triste, on vieillit, mais on continue de s'aimer et de rire des mêmes choses tout le temps. Pour ne pas être tout seuls dans nos nouveaux souliers pleins de responsabilités.

— Billie, je vais aller donner des becs à Simon, il est beau ce soir, il porte son chandail vert, il est beau en vert, j'ai le goût de l'embrasser, OK ?

Elle se lève, elle court vers son Simon-qui-goûte-bon, elle lui saute au cou, il est content, je le vois même dans le noir, même dans le bruit. Simon est amoureux d'Annette.

Annette n'est pas amoureuse de Simon. Elle l'aime juste un peu quand il est en vert. Ça le met à l'envers. Pauvre Simon-qui-goûte-bon. Il aurait dû me choisir moi, peut-être, me trouver belle moi dans mon pyjama d'été au lieu de ma sœur en bikini-paillettes.

Moi, je n'ai pas de garçon qui goûte bon à embrasser quand il porte une couleur que j'aime.

Moi, je suis toute seule assise sur une botte de foin, j'ai la tête qui tourne, les pieds et le cœur engourdis. Je n'ai pas envie de danser avec mes amis d'école, ça me fait trop penser à leur départ de demain, ça me fait angoisser, on va s'oublier. Je comptais sur Annette pour me présenter des garçons fins et beaux de partout, mais quand sa bouche est en feu, elle a de la difficulté à penser à autre chose. J'aurais aimé que Simon porte une autre couleur ce soir pour que l'attention de ma sœur soit concentrée sur moi à la place. Parce que c'est certain que je ne ferai pas l'amour avec un garçon de mon âge. À dix-sept ans, les garçons ne savent pas quoi faire d'un corps de fille. Je veux rencontrer un presque homme qui ne sera pas mal à l'aise devant une moi toute nue, gênée, pas sûre, mais sûre en même temps. Je veux le voir, dans le noir, me regarder me déshabiller, je veux qu'il parle tout bas, doucement, qu'il sache quoi faire, comment faire. Je ne veux surtout pas qu'il ait plus peur que moi de mal faire les choses.

Je veux me débarrasser de la curiosité de mon corps qui colle à ma peau. C'est une priorité d'été. C'est de la torture de voir ma sœur le cœur libre et les lèvres en feu de camp ; c'est facile pour elle et trop difficile pour moi. J'aimerais ça, avoir le choix d'embrasser ou pas un gars comme Simon, le faire languir, me laisser aimer et me sentir belle à travers des yeux de gars fou d'amour pour moi.

Je boude au milieu de la fête, je boude parce que je suis toute seule, parce que ma sœur est partie avec Simon, parce que mes amis ne me donnent pas envie de danser, parce que j'ai un mal de cœur de brandy. Je regarde par terre ; il y a des verres vides, de la vitre cassée, des bouts de cigarette, des crachats, des barrettes tombées des cheveux, des pieds qui passent. Je relève un peu la tête pour chercher des choses plus belles à regarder. J'entends des rires de gars, rien d'élégant, j'entends des bouteilles de bière qui se cognent, je vois des bruns, des roux, des noirs, un blond. Un maudit blond qui fait rire les autres. Un maudit blond qui attire l'attention.

J'aime pas les blonds qui font rire les autres et qui attirent l'attention.

Annette me rejoint déjà sur les bottes de foin, leurs baisers étaient courts ce soir. Simon la suit, il nous commande à boire. Il est beau, Simon, il a les cheveux noirs, de la barbe d'homme, des épaules d'homme et aussi deux beaux yeux qui réconfortent. Mais ma sœur le trouve trop fin. Je n'ai jamais vraiment compris ses raisonnements de femme difficile.

— Nanette, c'est qui le gars blond *full* grand là-bas ? T'sais, lui, là-bas, qui fait rire tout le monde ?

— C'est peut-être le sportif blond qui organise la fête...

— T'as raison, il a l'air d'un garçon qui organise des fêtes dans des champs. Il a l'air tannant pis fatigant. C'est à cause de ses cheveux, sûrement.

Des cheveux blonds comme ceux-là, ça énerve, je trouve.

Simon le montre de l'index.

— Lui ? C'est Pierre Forêt.

Pierre. Nom de con, je trouve.

— C'est donc ben con comme nom, Pierre.

Ma sœur rit un peu, mais pas Simon. Il rit rarement, c'est un de ses défauts. Il ne rit jamais de mes blagues, mais il rit toujours de celles d'Annette, même si moi, je sais que je suis plus drôle qu'elle. Mon père le confirmerait sans hésiter, c'est moi qui ai le gène humoriste.

Le garçon qui s'appelle Pierre parle fort au loin. Malgré la musique qui fait bourdonner mes oreilles, je l'entends raconter une histoire et tout le monde autour de lui rit bruyamment.

Il m'énerve parce que même de loin, on peut voir que ses cheveux brillent comme de l'or, parce que même de loin on peut voir que ses dents blanches scintillent aussi. Quand ça *shine* trop, ça donne mal au cœur, tout le monde sait ça.

— J'te gage qu'il a les yeux bleus ?

— En plein ça, me répond Simon. Bleus, bleus, bleus comme la mer. Les filles capotent.

— Pas moi. J'capote pas.

Je mens. Je capote aussi. Parce qu'il est blond et beau. Et parce que dans le fond, c'est le fun de s'écœurer de choses qui brillent trop. Mais ça, je ne le dis pas à ma sœur ni à Simon. Je regarde Pierre un moment, ça m'électrise le bas du ventre.

On sirote notre bière tranquillement, à petites gorgées. Ma sœur et moi, on n'aime pas la bière, on trouve que ça goûte le bas sale et ça nous écœure, ça aussi. Rapidement, Annette et Simon m'oublient et recommencent à se manger la bouche, à se manger le cou et les mains tandis que moi, j'essaie d'avoir l'air cool et pas mal à l'aise du tout. Je regarde Pierre en cachette, du coin de l'œil. Je fais des bulles avec ma bière, je soupire entre mes gorgées, je soupire fort pour que ma sœur arrête de m'oublier, pour que Simon décolle sa bouche de la sienne, pour qu'ils s'occupent de moi un peu.

J'entends le blond raconter que le chien-saucisse de son père lui a sauvé la vie quand il avait trois ans et demi. Ce n'est pas une histoire grandiose, le chien a jappé au bon moment, c'est tout, rien de fou, mais il est beau à voir, Pierre, il gesticule, il saute, il fait rire tout le monde.

Ça m'épuise de promener mes yeux entre le dedans de mon verre et les cheveux blonds de Pierre. Je remarque qu'il a l'oreille percée et qu'il porte deux bas différents. Je suis dans la lune, la vraie grosse lune douillette. Je regarde dans le vide et le vide, c'est Pierre devant moi. Ma visite dans l'espace est rapidement interrompue parce que Pierre remarque que je l'observe, moi mes réflexes sont lents. Il s'approche de moi, il s'avance, me rejoint, se penche, appuie ses mains sur ses genoux et fixe mes yeux verts avec ses yeux bleus, ses yeux de fou, ses yeux de fendant aussi, ses yeux de prince surtout. Son nez à trois pouces du mien, il reste là, on dirait qu'il attend que je cligne des yeux avant lui, mais ça n'arrivera pas. On ne parle pas, je capote en dedans, il doit être fou pour vrai parce qu'il ne fait que sourire, sans les dents, avec les yeux. Il me fait un peu peur avec sa perfection de visage, son trou dans l'oreille et ses yeux bleus comme le bleu des fleurs sur ma couette de lit. Il ouvre la bouche :

— Tu m'espionnes ou t'es juste dans lune ?

Ma gorge fait mal, j'ai de la difficulté à parler. Je bois une gorgée de bière pour laisser ma voix se replacer.

— Je t'espionne.

C'est sorti tout seul, je ne suis pas certaine si c'était la bonne chose à dire, mais au moins, ça le prend au dépourvu, ses yeux s'arrondissent et il sourit avec les dents.

Dix secondes, puis il se tanne, se redresse et rejoint ses amis, les mains dans les poches de son *skinny* jeans qui emprisonne ses fesses que je trouve belles. C'est la première fois que je regarde des fesses de garçon et que je me dis que c'est beau.

Je crois que mon cœur a arrêté de battre.

C'est la première fois que mon cœur arrête de battre pour des fesses et une oreille percée.

En parfait synchronisme avec le départ de Pierre, Annette pose sa main sur mon épaule. Elle n'a rien vu, Simon non plus. C'est mieux comme ça, la scène devait être étrange vue de l'extérieur de mon cœur et de mes yeux verts comme le chandail de Simon.

— Je m'excuse, je m'occupe pas de toi, je fais juste frencher, mais j'aime tellement ça, t'sais.

— *All good*, Nanette, j'ai du gros fun.

— Va danser avec Rosine pis Juliette, fais quelque chose !

— J'haïs ça danser !

— Tu fais du ballet pis ton film préféré c'est *Save the Last Dance*...

— C'pas pareil.

— Ben oui, quand même.

— Non.

Annette soupire et accroche Simon par le bras pour l'amener plus loin, à l'abri de mon air bête. Je crie pour enterrer la musique et pour qu'elle m'entende bien :

— Présente-moi à tes beaux amis !

Elle se retourne en souriant.

— Ils sont trop vieux !

— Toi, t'es trop vieille...

— Ben c'est ça !

Et elle continue son chemin jusque derrière une pile de bottes de foin. Je suis fâchée contre la vie encore, mais surtout contre Annette qui, des fois, comprend tout et qui, des fois, ne comprend vraiment, vraiment rien. Je sais que c'est pour me protéger des presque hommes de son âge et de leur cœur de pierre, mais elle généralise, et elle sous-estime mes nerfs d'acier d'adolescente.

Je ne peux pas lui en vouloir longtemps, elle sait de quoi elle parle, ma belle Annette. Je me rappellerai toute ma vie du soir où elle a débarqué dans ma chambre avec le visage enflé, rouge, tout mouillé et ses joues noires couvertes de mascara coulant. Depuis toujours, elle formait le plus beau des couples avec notre voisin Louis, un Belge aux cheveux un peu roux, mais pas trop. Il était musclé pour son âge et il bronzait toujours égal l'été en travaillant dans les champs pas loin.

Annette et Louis étaient amoureux depuis qu'ils avaient onze ou douze ans, ils ont tout fait ensemble, il a tout vécu deux fois avec elle, il était plus vieux de deux ans et pas mal patient. Il était tout le temps là pour elle : pour son entrée au secondaire, pour la consoler quand elle avait un bouton d'ado sur le front, pour lui dire qu'elle était belle même avec des broches. Il était calme et il la regardait toujours avec des étoiles dans les yeux. Louis, c'était son premier french, son premier prince charmant, avec lui Annette a vécu sa première brosse, son bal de finissants, la mort de notre chien Ciseau, son entrée au cégep, le divorce de nos parents, les larmes de notre père. Ils étaient parfaits, ils étaient doux ensemble comme dans les films qui s'enlignent pour bien finir. Mais un soir d'hiver, un mardi (je m'en rappelle, je revenais du collège), il lui a dit au téléphone que les papillons n'étaient plus là et qu'il avait envie de faire l'amour avec d'autres filles pour « rattraper le temps perdu ». C'est depuis ce soir-là qu'Annette a la bouche en feu, comme pour se venger et faire une compétition avec

Louis. Je la comprends, ça doit être la pire chose, se faire rejeter pour d'autres corps inconnus. Ça doit faire mal à l'orgueil et au cœur surtout, déjà que c'est dur de s'aimer à notre âge.

Alors là, je suis fâchée contre Annette, mais je sais qu'elle veut m'éviter tout ce mal-là. C'est correct.

J'ai tout de même hâte qu'elle refroidisse des lèvres, au moins pour ce soir. J'ai hâte qu'elle se tanne du t-shirt vert de Simon. Je décroise mes doigts pour de bon et je m'étends sur une botte de foin les jambes croisées, les mains derrière la tête. Je fixe le faux plafond pendant qu'Annette s'amuse à faire semblant d'aimer le garçon qui goûte bon. Je pense au garçon blond brillant au nom de con, je me demande il a quel âge, s'il est patient, s'il est doux, s'il a fait l'amour avec beaucoup de filles. La musique forte et l'odeur des vaches et de la bière ne m'empêchent pas de me détendre et de fermer les yeux un moment. Ça fait du bien, l'air de la campagne et le foin, ça fait passer le mal de cœur de brandy. La musique me berce presque, je somnole un moment, deux minutes ou une demi-heure, je ne sais pas vraiment, je suis mêlée.

Ma sœur vient me réveiller avec des becs sur le front.

— J'tannée. On va-tu se coucher, Billie ?

Je ne suis pas sur terre, je suis bien haut dans le ciel. Je rêvais presque à des doigts qui se mêlent, et à des cheveux blonds de gars et des cheveux roux de fille qui se tressent ensemble.

— Pas fatiguée pantoute, moi, Annette.

Elle tire mon bras et m'aide à me relever, le brandy lui cache ma fatigue et mon sarcasme, ses cheveux blonds sont ébouriffés et le rouge sur ses lèvres s'étend jusque sur ses joues à elle, et jusque sur la bouche de Simon. Les lèvres beurrées, il me tend une bouteille d'eau.

Annette embrasse la joue de Simon, moi je lui fais un sourire qui veut dire : « Désolée que ma sœur te trouve trop fin, t'es cool, bonne nuit. »

On sort du chapiteau, j'aperçois Pierre. Il a l'air fou même de loin, fou d'être beau et blond.

Je suis sûre qu'il est con.

J'ai déjà été amoureuse d'un châtain, mais il m'énervait, lui aussi, parce qu'il était beaucoup trop beau et beaucoup trop perspicace. Il parlait un peu mal et faisait des fautes d'orthographe. Quand il m'a demandé pourquoi je ne l'aimais plus, je lui ai simplement dit que ses fautes d'orthographe m'agaçaient. Il est fâché depuis. J'aurais pu inventer quelque chose d'autre, mais c'est sorti comme ça. Naïvement, j'avais cru qu'il le prendrait bien. À mon seizième anniversaire, un an après notre rupture, il a emballé dans du beau papier cadeau son bulletin avec un gros A+ à côté de « Français écrit ». Je suis fâchée depuis.

Je n'aime pas les garçons aux cheveux pâles. Ils ont trop souvent le dernier mot.

Mon téléphone vibre et c'est ma copine Rosine qui m'écrit :

T'es où, bout d'viarge, viens danser ! C'est notre dernière soirée !

Je réponds seulement :

Y manque trop de magie dans ma soirée. Je vais m'ennuyer. xox

Il est tard, c'est une soirée un peu ratée. J'ai eu l'air bête pas mal. Et maladroite. J'ai du foin dans les cheveux.

Peut-être que Pierre s'attendait à ce que je dise quelque chose de plus magique et de moins arrogant, comme dans les films, une belle phrase douce qui l'aurait fait fondre, qui m'aurait embellie. J'ai le cœur qui bat trop fort maintenant, il rattrape les battements qu'il a oubliés tantôt.

Je marche avec Annette une trentaine de minutes, puis on s'étend tout habillées sur mon lit. Le ventilateur menace de s'envoler tellement il tourne rapidement, ça me donne mal dans la poitrine. On ne se brosse même pas les dents et on s'endort le cœur moyen heureux, l'haleine pas fraîche et les pieds sales.

Je rêve à un blond qui a un nom de con. Je rêve qu'il a des fusils à la place des yeux. Toute la nuit.

2

PIERRE CŒUR DE SLUSH

Congé aujourd'hui : pas de maillot rouge trop petit, pas de sifflet autour du cou, pas de coups de soleil, pas de temps perdu à sécher autour d'une piscine à vagues.

Grasse matinée aujourd'hui, déjeuner au lit : deux œufs, jambon, pain baguette et cocktail de fruits congelés. Annette fait cuire les œufs, elle broie les fruits. Moi, je m'occupe du pain et du jambon d'habitude, mais pas ce matin, j'ai trop de fatigue dans mon corps de fête.

Ma sœur cogne déjà, elle ouvre la porte sans attendre ma permission. Elle sourit beaucoup, beaucoup.

— Allô, ma Billie !

Son sourire m'exaspère ce matin, je le lui dis doucement, pas fort. Je frotte mon front, ma pauvre tête.

— Merci, *baby*, qu'elle me répond. Moi c'est ton odeur de vieux brandy qui m'énerve ce matin.

Elle dépose un plateau de bois sur mes genoux. Tout est là, même le pain et le jambon. Elle s'assoit en tailleur devant moi avec son maudit sourire, encore.

— Mange donc.

— Pas faim.

— Juste un p'tit peu.

— Non, bon.

— J'ai fait ça pour rien ?

— Oui.

Annette débarrasse mon lit du plateau et le pose sur la table de chevet, puis elle boit une gorgée de mon jus de fruits pendant que je laisse tomber ma tête sur mon oreiller en forme de hibou. Je suis fatiguée, ennuyée et déçue encore une fois du manque de magie et de french dans ma soirée. J'ai envie d'écouter de la musique triste parce que ça fera du bien entre mes deux oreilles, je suis de mauvaise humeur, mon lendemain de veille n'a pas valu la peine. C'est presque mon dernier matin d'été, je suis découragée.

— Annette, pourrais-tu éteindre la lumière en sortant ?

— J'avais pas l'intention de m'en aller...

— Ah...

Elle soupire et me frappe avec mon coussin en forme de hamburger (j'en ai une collection). J'ai un goût horrible dans la bouche et sous la langue, ça goûte le vieux et l'acide. Ça me rappelle l'odeur et les gens d'hier, les n'importe qui sur la piste de danse, des cheveux très blonds et une histoire de chien-saucisse. Ça me rappelle Pierre aussi. Je n'arrive pas vraiment à décider si me souvenir de lui est une bonne ou une mauvaise chose. Il était là à briller avec ses yeux bleus qui sont soit beaux, soit laids, un des deux, pas les deux. Ça me rend confuse. Ses yeux étaient en forme d'yeux normaux, avec une longueur de cils normale, avec une pupille pas plus noire que d'autres, avec une couronne de bleu qui dérange un peu. Je ne vois pas pourquoi je devrais faire une crise cardiaque de sentiments pour ça.

Il m'énervait, de toute façon.

On dirait que Pierre me faisait peur à me regarder comme ça à trois pouces de mon nez pour rien. J'ai hâte de ne plus goûter le vieux bas sale dans ma bouche pour oublier un peu d'hier, en particulier mes vœux qui sont trop paresseux pour se réaliser eux-mêmes. Je veux aussi oublier que je perds mon temps à penser à un inconnu qui s'appelle Pierre. Ça me vire le dedans du corps à l'envers. Je pourrais penser au brun qui était à sa droite ou au brun plus foncé à sa gauche, mais le blond, comme couleur, passe beaucoup moins inaperçu.

— Billie, ça va ?

— J'pensais un peu au fatigant blond d'hier. Juste de même.

— Tu lis dans mes pensées, regarde ce que j'ai trouvé ce matin.

Elle me tend une page du journal local. Le gros titre de l'article, c'est « Pierre Forêt, l'enfant prodige du vélo ». On le voit en pleine course, dans un ensemble de lycra orange et blanc, en sueur, entouré d'un groupe de cyclistes avec le même accoutrement. Ses cuisses sont énormes, musclées, lisses, il a vraiment l'air d'un champion. Il se distingue des autres.

— Ah bon, alors c'est vrai, tout ça. C'est vraiment un grand sportif...

— Ouais ! *Check* ses cuisses !

— Sont musclées...

— Pourquoi tu pensais à lui, hein ?

— Juste de même, j'ai dit.

— Y est pas si fatigant, j'pense. C't'un athlète. C'est *hot*, un athlète !

— M'en fous...

Annette range l'article dans sa poche de pyjama et ouvre ma garde-robe. Elle décroche une de mes robes ; la rouge. Celle-là rend mes yeux plus verts et mes lèvres encore plus rouges, elle allonge mes jambes et cache tout juste mes genoux bleus. Je la trouve parfaite.

— Pas ma robe rouge. Touche pas à ma robe rouge.

— Tu bougeras même pas de ton lit de la journée...

— Pas celle-là !
— OK, la bleue d'abord ?
— Ouais, la bleue.

Et elle suspend la rouge, décroche la bleue avec un sourire qui m'agace encore parce que les sourires de sœur énervent beaucoup plus que les autres, c'est écrit dans *Le livre des sœurs*. Elle claque la porte et je lui crie d'en prendre soin et de nouer la boucle dans le dos parce que c'est plus flatteur pour n'importe quelles fesses.

Je dois me lever, faire quelque chose de ma journée de congé, m'habiller, enfiler une robe soleil, la rouge. J'ai le goût d'être belle encore, comme hier, juste pour dire que je peux être jolie, presque belle, un peu n'importe quand, même les lendemains de veille, même les matins plates. Alors, je sors du lit, je frôle le tapis avec le bout de mes orteils, lentement, je me lève du matelas, ma tête tourne un peu.

Le soleil chauffe la pièce et à travers les rayons qui illuminent la chambre, on voit des poussières flotter dans la lumière. On dirait des étoiles en plein matin, c'est comme la nuit claire en plein jour. On dirait que ma chambre, c'est un poème.

Ma robe tient sur le cintre par une seule bretelle et la fleur en soie épinglée au-dessus du sein droit a l'air fanée. L'ourlet frôle ma pile de souliers au fond de la garde-robe et le coton de la robe est un peu abîmé, mais c'est ce qui fait que c'est si doux quand je la porte. En l'enfilant, la fleur se dresse. C'est une vieille rose de soie fatiguée.

Mes cheveux sont sales, mais pas si laids. Le vent d'été va les rendre plus propres et plus sages peut-être. Je dois sortir de la maison, respirer des odeurs fraîches, des fleurs, mais aussi la rue, les voitures, les gens et le gazon frais coupé. *Le Petit Sauvage* d'Alexandre Jardin est ouvert sur ma table de chevet, je l'ai déjà lu une fois, mais c'est souvent meilleur la deuxième. Je lirai en marchant. J'aime ça lire en marchant. Ça ne me donne même pas mal au cœur.

En sortant de ma chambre, ça sent déjà quelque chose de meilleur ; un mélange de café et de produit nettoyant pour plancher, avec un peu de vieux bois et de chandelle à la vanille.

C'est mieux qu'un mélange de brandy et de vieille haleine.

Je descends l'escalier, je fais glisser ma main sur la rampe et je saute les trois dernières marches. Mon père était couché à notre retour hier, il doit déjà être à l'hôpital à soigner des bobos graves. Je lui envoie un message texte pour lui dire que je l'aime. Il me répond tout de suite, entre deux patients sûrement, qu'il m'aime lui aussi. Il m'envoie en prime un bonhomme sourire qui a des cœurs à la place des yeux. Sur la table de cuisine, il y a un papier plié en deux avec mon nom dessus. Mon père m'avertit que ma mère a appelé tôt ce matin, que je dois la rappeler. Je jette la note dans la poubelle.

Pieds nus, je sors dans la rue en tenant mes sandales du bout des doigts, je sens les cailloux piquer ma peau et le trottoir me brûler un peu. Il est midi, le soleil pince mes yeux. Je pense à la Manon de mon livre qui fait l'amour dans un arbre. Un jour, moi aussi, je vais faire l'amour dans une maison posée sur des branches solides. Je vais faire l'amour dans un vieux chêne assez fort pour tout supporter, même autant d'amour, même autant de plaisir.

Un jour, je vais faire l'amour tout court. Bientôt, sûrement.

Parce que presque toutes les filles que je connais l'ont fait, le font. En amour ou pas en amour, elles sont des femmes au complet. J'ai hâte d'avoir des ébats à raconter moi aussi, je me les raconterai en boucle, peut-être que j'en ferai un dessin. Je ferai de ma première expérience sexuelle un dessin et une histoire pour la rendre plus belle qu'en vrai. Parce qu'il paraît que c'est moyen beau les dix premières fois au moins. Alors j'embellirai ça.

Bientôt, je vais tomber amoureuse d'un genre de bassiste bohème, on partira en tournée ensemble à l'autre bout du monde dans une minivan orange qu'on conduira à tour de rôle. Sûrement que je jouerai de la harpe, j'aurai appris comment sur YouTube.

Notre vie ressemblera à quelque chose comme ça, avec beaucoup de camping dans des stationnements de Walmart et de soupers chez Burger King, de baisers sous la pluie aussi et de mauvais coups qui nous mettront dans le trouble. Mais on s'en foutra parce que j'aurai mon bassiste bohème, et lui, il aura moi pour faire tout ça avec lui. On fera l'amour quand on en aura envie, on dormira tout le temps en cuillère dans notre sac de couchage, la fermeture éclair fermée jusqu'en haut parce qu'il fera souvent froid. On enlèvera nos vêtements pour se réchauffer et en se levant, chaque matin, on commandera des bagels au bacon et aux œufs au service à l'auto de n'importe quel restaurant pas cher. On n'aura pas un sou et on trouvera ça drôle. On dépensera tout ce qu'on a dans les colliers de bonbons et dans l'essence qu'il faudra pour se rendre loin, loin, n'importe où, en autant qu'on rit à en avoir des crampes dans le ventre, les fenêtres de la minivan baissées et le volume de la musique au maximum.

C'est avec lui que je ferai l'amour, j'espère. S'agit qu'on se croise, s'agit seulement qu'il existe et ce vœu-là va se réaliser. Il aura les cheveux pas de couleur, une teinte juste assez gars. Je lui couperai les cheveux avec des ciseaux à bricoler, mais pas souvent parce que j'aime mieux les coupes longues, de toute façon. Je m'assoirai en tailleur derrière lui et je couperai des couettes au hasard. C'est beau dans ma jeune tête.

Les craques du trottoir sont belles aujourd'hui. Elles tracent des formes sur le sol et des fois j'imagine des cœurs ou des nuages ou des chats ou des camions, même des mots qui n'existent pas vraiment. J'essaie de les éviter, de marcher entre elles, juste comme ça, pour m'occuper sur le chemin qui sépare ma maison de là où je m'en vais.

J'ai soif. J'ai le goût de boire une slush.

Bleue.

Il fait chaud et ça m'amuse d'avoir la langue bleue. Alors, j'évite de toucher les craques avec mes pieds nus sur le chemin qui me mène au dépanneur, à trois coins de rue d'ici. J'ouvre mon livre, le signet est placé au tout début, après une dizaine de pages à peine. Je lis une deuxième fois les mots de Jardin. Ils me font le même effet. Ça me donne encore plus chaud, encore plus soif. Ma robe colle sur mes cuisses, on en voit bien la forme. Pas bien charnues, mes cuisses. Je voudrais que le tissu flotte, mais il n'y a pas de vent, pas du tout.

J'oublie de regarder devant moi. Quelqu'un siffle juste assez fort pour me mêler, pour que je perde le fil des mots et que je marche sur une craque. Je relis deux fois la même courte phrase, j'en oublie automatiquement le sens. Le sifflement s'intensifie.

Maudit sifflement.

J'arrête de marcher, je laisse tomber mes sandales devant moi et lève les yeux sur le siffleur en les enfilant, mon livre ouvert au bout de mes doigts.

Pierre.

Pierre siffle de l'autre côté de la rue. Les mains dans les poches, il marche à reculons, le con. Il siffle du Joe Dassin, ma préférée de Dassin, un vieux *hit* de madame. Une chanson que j'aime seulement l'été. L'hiver, j'aime autre chose. L'hiver je me sens molle, ma peau s'épaissit et mon cœur devient dur dur dur tout congelé dans ma cage thoracique. Dans cet état-là, j'ai envie d'écouter tout sauf des chansons de mamie.

Les mois froids, j'écoute Martin Léon et j'apprends les paroles par cœur. J'écoute aussi Iron & Wine et je pleure sur *The Trapeze Swinger*, *Naked As We Came*, *Sunset Soon Forgotten* et *Boy With a Coin*, la chanson préférée de Duncan Riffle, mon *June-July love* de l'été passé. Il parlait anglais, je capotais.

Duncan, il était plus grand que nature, surtout trop grand pour mon cœur de petite fille. Je l'ai rencontré l'été dernier, je m'étais endormie sur ma chaise de sauveteur et il m'a réveillée doucement avec le bout de son doigt rugueux plein de corne de gars qui joue de la guitare dans ses temps libres. Je me souviens encore des grands frissons qui parcouraient mon corps au grand complet quand j'ai ouvert les yeux et que je l'ai vu devant moi. Il avait le plus beau sourire de tous les beaux sourires et ses cheveux étaient longs, ils touchaient à ses épaules vraiment musclées et tatouées. Il m'a tendu un bout de papier avec son long numéro de téléphone et il a disparu pour la journée. J'étais tombée sur un touriste californien aussi parfait que dans les films américains et j'ai fait l'interurbain le plus coûteux de ma courte vie pour entendre sa voix grave au bout du fil. J'ai dit : « *Hello* », il a répondu : « *Hi* ». Il m'a dit que son nom était Duncan Riffle, j'ai répondu que le mien c'était Billie, il m'a dit qu'il me trouvait belle, j'ai répondu : « *Thank you* ». Mes joues étaient aussi rouges que le pire des coups de soleil.

On s'est donné rendez-vous le soir même à l'entrée des glissades d'eau, je voulais l'impressionner parce qu'il était grand, plus vieux, bronzé et anglophone. Il m'attendait les mains dans les poches de son coton ouaté bleu, il avait attaché ses cheveux en queue de cheval. Au début, je n'étais pas certaine d'aimer ça, sa couette, mais à bien y repenser, c'était la plus belle chose, après peut-être les cuisses de Pierre aujourd'hui. Je portais des shorts en jeans et un manteau en jeans aussi. J'avais mal calculé mon affaire, j'avais quitté la maison ben trop vite sans penser que du jeans sur du jeans en plein été c'est pas l'idéal au niveau de l'esthétique et du confort. Il m'a serrée fort dans ses bras, fort comme si on se connaissait depuis longtemps, comme si on s'aimait déjà d'amour vrai. Je me sentais comme une princesse dans ses grands bras et je serais restée là très longtemps si j'avais pu. Ses bras étaient magiques.

La soirée était chaude sans bon sens et on parlait peu parce que mon anglais était dégueulasse et que lui, son français n'existait pas du tout. On a escaladé la clôture qui séparait le stationnement géant du parc aquatique et je l'ai traîné jusqu'en haut du rafting, à l'abri des caméras. J'avais l'air d'une fille téméraire qui a peur de rien, mais au fond de moi, j'étais terrifiée à l'idée de me faire prendre. Je me voyais mal raconter à mon père que j'étais renvoyée parce qu'on m'avait prise en train de me cacher dans les glissades d'eau avec un touriste américain tatoué qui porte très bien la couette californienne. Il aurait été découragé.

Dans son sac à dos vert lime, Duncan avait caché deux bouteilles de vin. Je le trouvais ambitieux parce que moi, après deux verres, je suis nostalgique et je verse des larmes avant de m'endormir profondément. Mais le temps passait tellement vite et la nuit était tellement belle que les bouteilles se vidaient plus facilement que prévu, on ne sentait plus les gorgées glisser sur notre langue. On a parlé chacun notre tour, toute la nuit, les deux couchés en sardines dans une glissade sèche, les étoiles qui nous éclairaient la peau d'été.

Le matin était gris sur le parc aquatique et la vue était belle et presque triste parce que je n'avais pas envie que ça finisse. Comme pour déjeuner de nos bouches, on avait commencé à s'embrasser, on se prenait pour des amoureux qui ont trop perdu de temps à jaser de rien d'important. Ses baisers étaient aussi bons que n'importe quoi de bon à manger, mais son odeur me faisait peur, ça sentait l'homme fort qui sait beaucoup de choses. Vers sept heures du matin, je me suis inventé une excuse de championne, je lui ai soufflé à l'oreille que mes amis m'attendaient pour un *roadtrip* dans le Maine. Il s'est invité avec plein de fougue dans la voix, mais j'ai dit : « *Sorry, the car is full* » et j'ai couru jusqu'en bas sans l'attendre comme une peureuse des grands sentiments.

Je craignais bien trop qu'il m'invite quelque part d'autre pour qu'on fasse des choses d'adultes qui m'auraient paralysé le cœur et le corps en même temps. Mauvais *timing*.

Il n'a jamais remis les pieds au parc aquatique. Je le vois juste sur ses photos Facebook maintenant. Il est doublement beau aujourd'hui, mais je ne regrette rien. C'était trop fou et trop grand pour ma tête de fille. Un garçon bien plus vieux avec une couette et qui parle pas ta langue, c'est sûrement une des choses les plus déstabilisantes du monde.

Mais cet été c'est autre chose, je me sens différente et plus grande du dedans.

Pierre siffle toujours, ça me ramène sur terre. Mes mains sont moites et mon cœur bat vite, je ne sais pas si c'est à cause du blond ou de mes souvenirs américains.

Il traverse la rue en continuant de chanter avec ses lèvres en « O » comme un con, mais des fois, il s'arrête pour sourire aussi. Il est laid tellement qu'il est beau de partout, des pieds à la tête comme ça, avec ses cheveux blonds et ses yeux bleu mer-sale-fond-de-fleuve.

Amour haine, déjà.

Je décolle ma robe de mes cuisses, et je n'arrête pas de marcher. En pensant l'avoir semé, je tends la main vers la porte du dépanneur, mais un bras de garçon pas poli me dépasse par la droite et me l'ouvre. Je déteste la galanterie. Surtout celle de Pierre.

Fausse politesse, lentes courbettes.

J'entre et il me suit, mais pas un mot. Il marche jusqu'au fond de la pièce pendant que j'hésite entre le moyen ou le grand format de slush.

De la slush, ça fond bien vite.

J'entends Pierre qui jase avec le commis. Il essaie de négocier le prix des porte-clés fluorescents. Il dit que huit piasses, c'est bien trop cher pour une cochonnerie comme ça. Le commis lui répond que les autres, ceux avec le logo des Nordiques, sont beaucoup plus abordables, mais Pierre chiale. Je me tanne d'écouter ses niaiseries, je choisis le grand format. J'aurai la langue bleu marine.

Tant mieux.

Au comptoir, le verre plein de glace bleu framboise bleue, j'attends mon tour derrière Pierre. Il prend son temps, maudit. Il compte ses sous. Pendant que le commis fait le calcul, il se tourne vers moi et sourit. Il me regarde avec les mêmes maudits yeux qu'hier.

Moi, je prends une gorgée de slush. Une méchante gorgée.

Il me dit :

— T'es la sœur de l'autre, hein ?

Ça me met en colère.

— Ouais, la sœur de l'autre.

Il sourit encore, avec ses dents blanches aussi connes et aussi belles que tout le reste. Entre deux petites gorgées, cette fois-ci je lui demande pourquoi il chante du Dassin.

En se retournant pour prendre son porte-clés, il répond :

— T'aimes pas Joe Dassin ?

Je mens :

— J'aime ben mieux Bryan Adams.

Pierre éclate de rire. Il rit longtemps, pas moi. Pas envie. Je lance un deux dollars sur le comptoir et je sors en le laissant là à rire pour rien ou à rire de moi, peu importe. Tant mieux s'il s'amuse avec des riens. Bon débarras, je n'aime pas les blonds blé-maïs-faux-lingot-d'or.

Je peux enfin lire mon livre. Boire ma slush. Colorer ma langue en bleu. Faire flotter ma robe rouge, le vent s'est levé un peu. Me raconter des *jokes* aussi pour me faire rire.

Mais les pas de Pierre me rattrapent.

Il siffle, il marche sur les craques du trottoir, il s'en fout d'en écraser, il ne sait pas que ça porte malheur peut-être. Pierre me crie de l'attendre. Il crie : « Attends, attends, hé, hé, toi, attends-moi », dans cet ordre-là.

Pierre le cycliste me court après. Pierre le blond pépites-d'or-golden-retriever aux yeux bleu ciel-tempête-de-neige-stylo-à-bille me court après.

Je m'arrête, lui aussi. Il me dit :

— T'es farouche...

Moi, je veux simplement colorer ma langue bleu slush en paix. Il ne comprend rien. Je lui lance mon livre au visage, en plein sur son beau nez de blond.

— T'es folle !

Il ramasse le livre en se frottant le bout du nez.

— À moins que tu veuilles lire Alexandre Jardin par-dessus mon épaule, j'vois pas pourquoi ce serait normal que tu me suives d'aussi près, Pierre.

Je respire fort comme si j'avais couru, mon cœur veut sortir de mon long corps en forme de nouille.

Son visage s'illumine.

— Pourquoi tu m'as appelé Pierre ?

— Parce que c'est ton nom...

— Ah. OK.

Je reprends brusquement mon livre de ses mains d'homme et je le serre contre ma poitrine, il est ouvert contre ma peau, la sueur tache une page. Je me retourne, mais Pierre me dit doucement :

— C'est quoi le tien ?

— Le mien quoi ?

— Ton nom.

Je regarde son visage, on dirait une médaille sous le soleil. Je soupire un peu, pas fort, je réponds :

— Jacqueline.

— Pour vrai ?

— Ben non ! Billie. C'pas tout le monde qui a un nom con comme le tien.

Je voudrais peut-être vraiment m'appeler Jacqueline pour qu'on ait un nom laid égal. Pour qu'on soit spécial égal. Mais je m'appelle Bee-lee et j'aime ça qu'il y ait une abeille dans mon prénom, quand même.

Mais je pourrais aussi être Jacqueline, avoir les cheveux brun Kit-Kat-jupe-en-tweed-café-au-lait. Je pourrais m'appeler Jacqueline, avoir les yeux brun feuille-d'arbre-en-automne-lichen-séché-chien-de-berger. C'est un beau titre de film ou de livre ou de toune même : *Pierre et Jacqueline y s'aiment pis y s'haïssent*. Ou juste *Pierre et Jacqueline*, c'est beau aussi.

Je bois ma slush d'un trait. Je me gèle le cerveau. J'ai la langue bleu bien trop foncé maintenant, les coins de ma bouche aussi. Mes dents, elles, sont bleu ciel pas de nuages.

Je frôle le trottoir du bout des orteils. Avec mon pied gauche, je dessine un demi-cercle, c'est un geste qui invite subtilement Pierre à continuer avec moi. Il comprend, il me rejoint lentement. Pour briser un silence que je n'aime pas, je lui demande :

— Est-ce que tu joues de la basse ?

— Non. J'ai pas l'oreille musicale trop trop. J'fais du...

— ... vélo. Je sais.

— Tu m'as vu dans le journal ?

— Non. T'as des cuisses de cycliste.

Il semble flatté et mal à l'aise en même temps. Ses shorts, un *skinny* jeans coupé au-dessus des genoux, dévoilent ses muscles. Ses muscles de cycliste, justement.

On dépasse ma maison, mais je ne dis pas un mot. Je la regarde du coin de l'œil et je la trouve jolie avec sa clôture blanche et ses volets noirs. Mon vieux père lit sur la galerie, je croise les doigts pour qu'il ne me salue pas, même s'il est beau quand il fait aller sa main de papa fier.

Une voiture nous dépasse lentement. Pierre me frappe l'épaule pas trop doucement avec son poing. Il crie : « Auto jaune ! » et je le trouve niaiseux.

— T'es niaiseux.

On continue de marcher.

— C'est quoi ta couleur préférée, Billie ?

— Rouge vernis à ongles. Toi ?

— Jaune char.

On continue comme ça. À s'interroger sur des affaires pas très importantes juste pour montrer qu'on s'intéresse l'un à l'autre, je pense. Mais je pense aussi que pour lui, il n'y a rien de fou dans le moment. C'est plate de même. Il charme sûrement trop d'yeux verts comme les miens. C'est la même chose qu'avec les yeux bruns comme n'importe qui, ou avec les cheveux roux comme Suzie ou Julie. Je voudrais être capable de le trouver laid, alors je plonge en lui et j'imagine que son cœur est aussi laid que son prénom. Il aurait pu s'appeler Mathieu ou Jean-Philippe, mais non, c'est trop ordinaire, trop comme les autres. Sa mère l'a appelé Pierre. Je le trouve niaiseux, laid et tannant, mais en même temps je le trouve fascinant et beau et beau et beau.

Beau, c'est mon mot préféré ces temps-ci.

J'aime marcher à côté de Pierre. Ça dégourdit. Je pense à mon top cinq des mots que j'aime le plus en chantant pas très fort une chanson de Girls, l'un de mes groupes préférés. J'en siffle la moitié parce que je connais juste le refrain. Je pense que le bassiste de ma première fois pourrait ressembler au chanteur de ce *band*-là. Il a un visage doux et des cheveux pas propres, des dents croches et des étoiles dans les yeux. Il est sexuel, je trouve, lui.

Pierre s'arrête soudain, il ne sourit plus, il lâche un long soupir.

— Bye, Billie.

Sans que j'aie le temps de lui répondre, il remet les mains dans ses poches, il fait trois pas à reculons en me regardant avec un sourire forcé, puis il se retourne et ébouriffe ses cheveux comme pour me saluer subtilement avec le dos de sa main. C'est un bye bye pas assumé, caché. Moment de faiblesse pour Pierre, on dirait. Peut-être qu'il se sentait devenir tendre au fil de nos questions de couleurs préférées et tout.

Je le vois s'éloigner, devenir un petit bonhomme au loin, au bout de la rue. Il siffle, je l'entends d'ici. Il sifflote du Bryan Adams, *Summer of '69*.

Il me reste peut-être assez d'énergie pour arrêter de le trouver beau comme un trophée. Pas du tout envie d'être vexée par sa douce minifugue.

Je reste plantée là, à deux coins de rue de chez moi, la robe dans le vent maintenant, le livre qui pend de nouveau au bout de mes doigts. Je ne comprends rien. De lui. Pierre le compliqué.

C'est un premier Pierre-moment qui se transforme en Pierre-souvenir à mesure que je le vois disparaître, il tourne le coin, s'en va avec son sifflement. J'entends des pas, quelqu'un court dans ma direction derrière moi, c'est Annette qui s'essouffle dans ma robe bleue. Du doigt, elle montre le bout de la rue :

— Pierre ?

— Pierre.

— Pierre...

— Ben, ouais. Pierre.

Ma sœur reprend son souffle. Je passe mon bras autour de ses épaules de femme, sur sa peau épaisse qui bronze facile. On marche jusqu'à la balançoire qui donne sur le petit jardin de notre mère, on saute par-dessus la clôture blanche même si on porte chacune une robe, même si les voisins pourraient peut-être voir nos bobettes à fleurs. Le jardin est triste, presque mort dans la cour arrière, mon père n'a plus le cœur de l'entretenir. J'ai un père nostalgique et une mère adolescente qui tresse les cheveux des touristes sur les plages des Bahamas.

On se balance et mon père nous apporte de la limonade. Il est élégant et sérieux, il porte un polo, un maillot de bain Tommy Hilfiger, bleu, blanc, rouge, et des Ray Ban. Il sourit, il a de la crème solaire mal étendue sur le nez. Des fois, je me demande s'il sourit par habitude, parce que ses yeux restent toujours tristes et fatigués. On dirait que ma mère est partie avec son bonheur et qu'elle a oublié de le lui retourner par la poste ; à ce que je sache, on n'a jamais reçu de colis des Bahamas pour mon père.

Il n'a peut-être pas le choix non plus de toujours étirer sa bouche en sourire. Tout le monde le connaît ici, pas moyen de faire l'épicerie en paix, il y a toujours plein de gens qui viennent lui serrer la main. Ils disent souvent, en soupirant : « Ah, mon bon docteur Fay ! » avec les yeux humides. Chaque matin, au bureau ou à l'hôpital, il porte le nœud papillon rouge que je lui ai offert il y a deux ans. Il le porte et ça le rend fier, il aime dire que c'est sa plus jeune qui l'a choisi, sa Billie-fée qui a du goût.

— Vous me direz si elle est trop sucrée, ma limonade.

Elle n'est jamais trop sucrée, elle est toujours rose parfaite. Il fait la même recette chaque été.

— Parfaite, *dad*.

— Ouais. Parfaite, papa.

Je n'ai pas vraiment soif, la slush m'a bien désaltérée, mais je vais la boire jusqu'à la dernière goutte et mon père va remplir mon verre une deuxième fois dans quinze minutes, satisfait de constater qu'on aime toujours sa potion magique de juin-juillet-août.

Annette me dévisage. Elle a un coup de soleil sur le nez et les cheveux en chignon, on dirait un cornet de crème glacée blond ou un sorbet de cheveux à la mangue, plutôt. Elle ouvre doucement ma bouche en agrippant mon menton avec ses doigts manucurés lilas.

— T'as donc ben la langue bleue !
— J'ai bu une slush.
— Non, mais... c'est bleu vraiment foncé.
— Slush *king size*.
— Ah, OK. Au dépanneur là-bas ?
— Ouais.
— Et Pierre était là ?
— Ouan.

Je n'ai pas trop envie de raconter l'anecdote, c'est une anecdote un peu conne quand j'y pense. C'est rien de fou, juste des porte-clés trop chers, de la slush à deux dollars, un roman au visage, une promenade de quartier et des questions de couleurs préférées. Pas grand-chose, dans le fin fond.

— Il t'énerve encore ?
— Oui. Plus qu'avant, même.

Elle est déçue.

— Comment ça ?
— Y a pas changé de couleur de cheveux. Y est blond. Y est con. Y m'énerve. Il m'a dit qu'il te connaissait.
— Ah, oui ?
— Il m'a appelée la sœur de l'autre, j'imagine que ça veut dire qu'il te connaît un peu.
— Ah, bon. C'est sûrement l'ami d'un ami d'un ami d'une amie. T'as vu ses cuisses ?

Je serais triste que les lèvres en fruits et le chignon en *popsicle* de ma sœur séduisent Pierre. J'aimerais peut-être que ma langue bleu framboise bleue et mes cuisses de grenouille lui donnent chaud, à Pierre. Pour une fois.

— Il est comme sur la photo dans le journal : belles cuisses, beau dos, beaux abdos. Bien ferme. Mais une face de trou de cul aussi.

Mon père sort sa tête par la porte moustiquaire.

— Est-ce que j'ai entendu "trou de cul", Billie Fay ?

— Non, papa ! T'as entendu "mon cellulaire, je le trouve plus".

— Ouin... J't'en achète pas un autre, en tout cas.

— J'vais m'arranger, papa.

Annette rit un peu. Mon père travaille fort pour bien nous élever : beaux mots, belles manières et tout. Ça fonctionne à moitié, je suis polie une fois sur deux.

— Billie, t'as entendu ce qu'il a fait à Adèle, la fille qui vend des manteaux de fourrure en face du cégep ?

— Non, pantoute.

— Il l'a quittée pour une gymnaste rythmique finlandaise, genre. Depuis, il écoute toujours du rap finlandais vraiment fort dans ses gros écouteurs.

Annette boit une longue gorgée de sa limonade, puis conclut :

— Ouais, j'ai entendu ça ce matin. J'ai jasé avec la demi-sœur d'Adèle à l'épicerie. Elle disait que c'est un bizarre, lui. Mais il est beau, alors ça annule tout ou presque.

Moi, Pierre, je le trouve laid parce qu'il le sait trop qu'il est beau, mais sinon, je le trouverais juste beau point final. Je m'essouffle moi-même avec mes pensées en tempête dans ma tête. Pierre est capable de me mettre à l'envers, mais je n'en dis pas un mot à Annette. Elle s'énerverait pour rien.

De toute façon, Adèle qui vend de la fourrure ressemble à Demi Moore à ses vingt ans, et moi je suis Anne aux pignons verts. Je pense à tout ça et je joue avec l'ourlet de ma robe qui s'effiloche un peu ; elle vieillit, je la porte trop souvent. Annette fait des bulles avec sa paille dans la limonade.

— Tu fais quoi ce soir, Annette ?

— Soirée Scrabble avec Simon. Toi ?

— Cours de ballet. Ça m'tente pas. J'vais être raquée demain.

J'ai le goût de rien. Même pas de danser. Surtout pas d'enfiler mes collants. Il fait tellement chaud. Le ballet en été, c'est loin d'être ma meilleure idée. Je suis la moins bonne de ma classe, je me suis inscrite sur un coup de tête, pour bouger et réussir des pirouettes pas possibles. Mais c'est bien plus difficile que je pensais. À force de regarder *Save the Last Dance*, je m'étais convaincue que je deviendrais douée super vite. Notre chorégraphie est sur du Chopin, ça fait Noël et ça m'essouffle de mélanger les choses comme ça. Alors, je suis encore moins bonne et ça fâche les autres ballerines.

3

PIERRE CŒUR DE CRÈME SOLAIRE

Ce que j'aime le plus de mon travail d'été, c'est m'y rendre. Chaque matin, j'enfile mes shorts rouges, mon maillot de bain rouge et je conduis ma vieille Subaru Forester en sandales, mes grandes lunettes de soleil sur le bout de mon nez, du Stephen Marley (le fils de l'autre) dans le tapis.

C'est un précieux moment matinal.

Il faut que le volant vibre tellement Marley chante fort, il faut que mes cheveux se mêlent dans le vent. Ma vieille Subaru, c'est celle de mon père, mais il me laisse la conduire pour l'été parce que c'est plus sécuritaire qu'utiliser un de nos vélos rouillés le long des routes de campagne. De toute façon, mes grandes jambes ont de la difficulté à suivre cette année, elles ont poussé d'un coup et manquent un peu de force. J'ai beau manger un sundae au choco aux deux jours, le gras ne veut pas s'installer là. Un jour, peut-être, j'aurai de belles formes comme Annette, pas juste deux bâtons de *popsicle* à la place des jambes. Pour les mois d'été, j'ai donc la priorité sur la voiture. Mon père marche jusqu'à l'hôpital, il dit que c'est bon pour son cœur, et je suis le chauffeur privé d'Annette. Quand elle n'est pas à Montréal, je dois la conduire où elle veut. Une chance que j'aime ça, rouler dans la campagne l'été.

Chaque matin, je conduis quinze minutes les fenêtres grandes ouvertes, le bras gauche à l'extérieur. J'en profite pour formuler des vœux ; je rêve à n'importe quoi qui pourrait me rendre heureuse ou combler des vides, boucher les trous qui se cachent partout dans ma tête, dans mon cœur aussi, le plus souvent. J'ai quinze minutes pour m'inventer une vie, une différente chaque matin d'été. Des fois, je rêve qu'Annette et moi on enseigne l'origami à des ados, mais je sais à peine plier une lettre pour que ce soit beau. Ou bien je m'imagine dans le Poudlard Express, puis dans le dortoir des Serpentard. C'est ma maison préférée. Je rêve que je fais du cerf-volant avec Duncan Riffle sur une plage de Santa Barbara. Ou je m'imagine avec les cheveux blonds. Parfois, j'ai des envies plus modestes.

En fait, il s'agit surtout de quinze minutes pour oublier que je m'en vais encore perdre mon temps dans un parc aquatique un peu dégueu, à cuire sur une chaise qui brûle le dessous des cuisses. Ça sent tout le temps le vieux hot-dog, ça m'écœure.

Quand le temps est long et gris, quand les familles ont trop froid pour se baigner, je perds aussi mon temps à écrire des poèmes avec un feutre sur le même bois de la même chaise. J'écris des vers en tout petit que je ne signe pas. Ça fait beau, ça rend le mobilier du parc aquatique un peu moins plate, et les sauveteurs qui prennent ma place ont du plaisir à me lire la plupart du temps. Les gens se demandent c'est qui, la poète sauveteuse secrète.

Je suis donc une poète sauveteuse secrète des fois. Surtout quand il fait froid.

Aujourd'hui, c'est la journée la plus chaude de l'été. Tout juste à la fin du mois d'août ! J'ai tellement appliqué de crème solaire sur mon corps que j'ai le teint tout blanc et l'eau perle sur ma peau. Même sous mon parasol Budweiser, je cuis. J'ai enroulé mon t-shirt en turban sur ma tête pour dégager mes cheveux de mon visage. J'ai l'air épaisse un peu.

J'attends Antoine pour qu'il vienne me remplacer, j'ai faim. Mon sandwich va fondre dans mon sac. Je suis dans la lune, mes yeux sont croches tellement je suis loin. Si quelqu'un se noie, je ne m'en rendrai peut-être pas compte. Je m'en fous, je suis bien dans ma lune, il fait moins soleil. Mon père dirait que je ressemble à Francine Grimaldi.

— Madame, c'est par où, la Tornade ?

Je sors de ma lune, pas le choix.

Sans regarder le baigneur qui dérange mon presque confort, je réponds, bien gentiment :

— Marche trente mètres, tourne à droite, traverse le pont, monte six marches, jogge une quarantaine de secondes et t'es arrivé. Bonne journée. Oublie pas la crème solaire.

Je fais le même discours cent fois par jour, tous les étés depuis trois ans. Je connais mon environnement. Je répète, je siffle, je saute à l'eau, je nage le crawl, je crème des dos, je désinfecte des bobos, mais mon bronzage est parfait pour la rentrée chaque année. Les compliments sur mon teint de vacances sont mérités. Un coup de soleil, ça brunit, à la longue.

Le baigneur continue :

— Pouvez-vous me montrer c'est où exactement, exactement ?

Bon, je suis tombée sur un débile. En évitant toujours de le regarder, je soupire :

— Mon grand, suis mes indications et tout va bien aller.

Il reste planté là, au pied de ma chaise en bois haut perchée, son nez à la hauteur de mes hanches. Je baisse les yeux et j'enlève mes lunettes de soleil, mon turban toujours bien fixé autour de ma tête.

Pierre.

Il sourit. Il a un coup de soleil sur le front. Tout habillé, il détonne parmi les touristes, comme il détonnerait ailleurs de toute façon. Il porte même une tuque noire en laine très mince. Je n'ai pas envie de sourire, pas du tout. J'ai un turban sur la tête et un fatigant de faux touriste qui me dérange. Rien de fou, tout con.

— Pierre, va-t'en.

— Pourquoi ?

— Y fait quarante-deux degrés, t'as une tuque, t'es blond, tu détonnes, c'est fatigant.

— OK...

Et il s'en va. Il s'éloigne tranquillement et devient, encore une fois, un petit bonhomme parmi d'autres, juste là au milieu de tout plein de vacanciers en maillot de bain qui cuisent. Pierre marche la tête un peu trop haute et disparaît dans la rue. Il me prend de court en obéissant comme ça, en prenant mes paroles au pied de la lettre.

Il fait moins chaud depuis qu'il est apparu. Mon corps s'est refroidi, j'ai la chair de poule même si le soleil brille aussi fort et j'ai le bout des doigts froid. En recouvrant mes épaules avec ma serviette de plage, je soupire encore et je regrette un peu d'avoir paniqué, d'avoir été bête comme mes deux pieds dans mes sandales. C'est qu'il m'a vue dans toute ma transpiration de travail d'été, dans mon accoutrement grimaldiesque. J'aurais aimé qu'il me voie toujours fraîche, en robe qui flotte dans le vent et tout.

Antoine est là. Pause sandwich.

— T'es en retard, champion.

— Une grosse madame est restée coincée dans le Tire-bouchon. Pas ma faute.

— Faute pardonnée. J'ai faim. Salut.

Antoine c'est le fils du propriétaire du parc, je l'ai frenché la semaine passée, il me payait des cocktails chers, ceux avec plein de couleurs qui goûtent le jus de fruits. Antoine, c'est loin d'être le plus beau. C'est plate.

En descendant les cinq marches de ma chaise, je regarde un peu au loin pour peut-être apercevoir Pierre, mais je ne vois qu'une mer de monde qui brûle au soleil, des gens qui font la file pendant des heures pour se mouiller un peu. Je traverse le parc aquatique péniblement entre les centaines de baigneurs, ça sent la friture, le chien mouillé, la bière chaude, le vieux hot-dog oublié aussi, évidemment. D'énormes bancs de parc rouges longent la clôture qui entoure la piscine à vagues, prête à déborder. Je m'installe sur l'un d'eux en tailleur et je mange mon sandwich (chaud) à petites bouchées. J'ai trente minutes. Trente minutes pour m'en vouloir d'avoir été froide-frette pour rien avec Pierre. Mon petit moment de fausse nonchalance me vire à l'envers, ça me donne mal au cœur de me sentir comme ça. *Back and forth* de sentiments et de températures.

Mais c'est peut-être mieux que de toujours être tiède et à l'endroit.

L'été est fini, les cours recommencent demain, je n'ai plus de temps pour foutre de la magie dans mon quotidien. Août s'achève, mais il fait trop chaud, trop beau pour croire à septembre qui est tout près.

Je dois tenir le coup ; une dernière demi-journée et je serai libre comme une jupe dans le vent d'été ou presque. Il me reste exactement trois heures à perdre avec un emploi d'été au salaire minimum qui me fout des coups de soleil partout sur le corps.

Demain, c'est la vie sérieuse qui commence, la vie de cégep gris.

Je devrais penser à ce que je vais porter demain. Quelque chose de beau, quelque chose de noir, surtout. Une première journée d'école, ça se passe en noir ; je m'impose un *black Monday* chaque rentrée.

J'imagine déjà mes deux prochaines années ; elles seront longues et d'une couleur qui ressemble à brun, gris ou beige, je pense. Je vais tomber dans la lune pendant les cours, écrire des poèmes sur les chaises de la cafétéria, des poèmes qui ne riment pas pantoute et recouvrir les pages de mes livres avec des paroles de chansons tristes.

Toute seule.

Toute seule parce que toutes mes copines ont déménagé dans la grande ville. Moi, j'ai peur et je suis trop bien pour bouger d'ici, trop bien dans mon grand lit de petite fille, trop bien dans ma balançoire, trop bien à boire la limonade de mon père. Alors, je reste dans ma petite-moyenne ville pour encore deux longues années grises ou brunes ou beiges.

Toute seule.

J'ai chaud et Pierre vient de disparaître quand j'aurais pu le retenir un peu plus longtemps, juste pour m'éclairer la tête ou pour me donner le temps de me rendre compte qu'il n'est rien du tout. Je m'en veux souvent, surtout aujourd'hui. Je veux une chose et puis je veux l'autre. Je suis tannante avec mon cœur, je le niaise. Je suis mêlée, mais j'ai le droit, je ne suis pas une adulte.

Pierre, c'est un blond qui me mêle pour rien.

J'avale ma troisième bouchée de sandwich, j'entends mon nom. Suzie, ma superviseure, court vers moi à travers les serviettes de plage et les tables de pique-nique, son chandail est tout mouillé, ses cheveux frisottent.

— Billie, je te cherchais partout.

— J'étais à la piscine à vagues, savais-tu qu'y a une madame coincée dans le Tire-bouchon ?

— Ouais, on vient de la sortir de là.

Je ris.

— C'est quand même drôle.

— Non.

— OK.

Je continue de rire en dedans de moi en cachette de Suzie et je lui souris avec le plus de dents que je peux.

— Pourquoi tu me cherchais, Suzette ?

— On est *overstaff* au rafting, tu peux t'en aller si tu veux.

— Merveilleux, j'ai mal aux coups de soleil, ça adonne bien.

— Laisse ton uniforme dans mon bureau avant de partir.

Je lance mon sandwich dans une poubelle deux bancs plus loin, dans le mille.

— OK, bye Suzette, *enjoy* l'automne, l'hiver, le printemps, et à l'été prochain sûrement.

Et sans jaser davantage, je me sauve sans éprouver une miette de nostalgie. Mon maillot de bain serre mon corps, j'ai hâte de ne plus me sentir comme une saucisse sur le barbecue.

Je suis soulagée, j'ai une mini (pas si mini, moyenne plutôt) envie de courir vraiment vite, à toutes jambes, à m'en arracher les poumons pour peut-être rejoindre Pierre là où il est.

Alors je marche, mais je marche rapidement.

Dans le stationnement, les autos brillent tellement le soleil frappe fort, mais un gros nuage recouvre le terrain de golf de l'autre côté. Les orages s'en viennent, la pluie aussi, ça va faire du bien un peu d'eau tiède partout sur la campagne. Je cherche ma Subaru d'amour, je ne me rappelle même plus où je l'ai stationnée. Je marche un peu le long de la première rangée.

Elle est un peu plus loin, à trois Civic et deux Jeep de moi.

Pierre est là.

Son long corps de sportif est appuyé sur le devant de ma voiture. Il lit un livre.

J'ai une grosse boule de je sais pas quoi dans le fond de la gorge, qui hésite entre me sortir par la bouche ou tomber dans le fond de mon ventre.

— Pierre ?

Il ne lève même pas la tête. Il continue de lire son foutu livre.

— Pierre !

En fermant son livre, il plie le coin de la page.

— Pierre, qu'est-ce que tu fais là ?

— J'lisais...

— Pourquoi tu lisais là ?

— Où ça, là ?

— Ben... devant ma voiture.

Pierre utilise la tactique de l'innocent ignorant, comme s'il ne savait pas qu'il lisait appuyé contre ma voiture.

— C'est ton char ?

— C'est mon char...

— Ah, ben.

En haussant les épaules, il marche dans ma direction, mais continue sans me regarder. Son livre pend au bout de ses longs doigts d'homme. Il frôle mon épaule et j'agrippe son bras juste avant qu'il me dépasse. Il s'arrête.

— Quoi, Billie ?

Mon cœur se squeeze. Je serre son bras entre mes doigts, mes jointures sont blanches.

— Heu... tu... tu lis quoi ?

Mes doigts se détendent. Il me fout la couverture à deux pouces du nez ; c'est *Le Petit Sauvage* d'Alexandre Jardin. Mon histoire préférée à moi.

Je n'ai même pas le temps de le regarder dans les yeux qu'il se remet à marcher sans rien dire. Je lui crie (moyen fort) :

— C'est lequel, ton passage préféré ?

Sans se retourner, il me répond :

— Je l'ai même pas commencé.

Mais j'ai bien vu qu'il avait plié le coin d'une page à la toute fin du roman.

Je souris doucement et je pense aux personnages du livre : au Petit Sauvage, à Tout-Mama, à Manon de Tonnerre.

Pierre aussi, c'est un genre de petit sauvage.

Sûrement.

Sûrement aussi qu'il dirait la même chose de moi, mais ça, je ne le saurai jamais, il est trop secret, Pierre.

Je roule les fenêtres baissées. Je mêle mes doigts au vent. Mon téléphone vibre, je suis trop curieuse, alors je me range sur le côté de la route pour lire.

Annette m'écrit :

Je t'aime ma sœur. Je te plains de travailler aujourd'hui. Moi, je soupe avec Simon ce soir. J'vais le flusher. Encore. Pas le droit de me juger. J xx

Je réponds :

Shame on you, ma sœur. Je l'aimais bien, moi.

P.-S. Pierre est venu me voir au travail… Je te raconte ce soir. xxx

4

PIERRE CŒUR DE CHANSON TRISTE

Six heures trente-cinq du matin, j'ai les yeux collés et mes draps étampés sur la joue gauche. Première journée d'école aujourd'hui. Mon cadran chante fort et ça me dérange, mais je suis trop paresseuse pour étirer mon bras et l'éteindre.

Pas de force pour l'instant.

Je n'arrivais pas à dormir hier soir, la photo d'un blond aux yeux bleus tapissait le dedans de ma tête. J'ai tout raconté à Annette, ça l'a fait sourire et pas sourire en même temps. Pierre nous rend confuses. L'été est terminé, ça me donne envie de pleurer un peu parce qu'il ne s'est rien passé. C'est fini, l'été ne m'a pas laissé le temps de vivre quelque chose de fou. Ou au moins quelque chose de spécial, de la minimagie.

Je dois commencer une routine qui me déprime, toute seule avec moi-même, avec ma garde-robe pleine de robes d'été et mes cheveux roux qui ne sèchent jamais droit.

Moi. Des fringues. Des cheveux orange. C'est tout ce que j'ai.

C'est pas grand-chose.

Mon cadran sonne fort, encore, il n'arrête pas même si j'essaie de le faire taire avec ma pensée. J'ai lu tous les Harry Potter quatre fois chacun, je suis brainwashée.

Le soleil traverse mes rideaux de dentelle, il doit faire une presque canicule dehors, encore, toujours. L'été ne finira peut-être jamais. Peut-être que j'aurai plus de temps pour réaliser des vœux ou pour vivre quelque chose, peu importe quoi. Quelque chose qui fait vibrer le cœur et rougir les joues, qui fait sourire, surtout. Je souhaite des choses assez ordinaires pourtant, des trucs comme gagner dix dollars en grattant un billet de loterie, rencontrer un nouvel ami, ou encore me découvrir un talent caché ou trouver un trésor dans ma cour arrière. Mais ce que j'aimerais le plus, ce serait tomber amoureuse et faire l'amour, mais c'est en demander beaucoup, beaucoup à la vie.

Pourtant, c'est rien de fou, rien qui coûte cher, rien qui soit impossible. Ça devrait être facile d'avoir une vie qui explose, qui brille. J'ai justement tout pour briller : un père, une mère (à moitié), une sœur, une belle maison blanche avec des volets noirs et une grande véranda. Je ne suis pas trop laide, j'ai mes deux bras et je ne manque de rien. Sauf de magie, peut-être, et de spontanéité.

Je n'ai pas eu trop de chance là-dessus.

C'est plate, je trouve, qu'on ait oublié de saupoudrer de la surprise sur ma vie. Et c'est pas juste.

Mais c'est dur de penser à tout ça avec l'alarme du cadran qui chante fort, alors je tends le bras et je frappe sur *snooze*.

Je déteste les matins d'école. Je déteste encore plus les matins d'école lorsque je ne sais pas quoi porter, lorsque ça prend trop de temps avant de me trouver belle. Au moins, aujourd'hui, il y a la règle du noir. Ou peut-être pas, on verra. Le noir, ça rend triste des fois.

En sortant du lit, je croise mon visage dans le miroir au-dessus de ma table de chevet. J'ai des nœuds dans les cheveux, mes yeux sont cernés. Je vais devoir travailler fort pour être juste un peu jolie.

Premier matin, première impression, petit effort quand même.

En ouvrant les deux grandes portes en bois blanc de ma garde-robe, je ne vois que de la couleur. Des couleurs d'été évidemment ; du jaune, du rouge, du bleu comme le ciel, du bleu comme la mer et du bleu comme de la slush, aussi du rose comme mes joues, du rose comme des roses, du orange comme mes cheveux. Il y a du noir, mais juste un peu parce que c'est déprimant des fois, le noir. Surtout en été, justement. Règle de nouille, dans le fond.

Ainsi, il y a là, qui pend joliment, une robe noire aux manches bien courtes avec un ourlet de dentelle. Elle m'attend, on dirait. Il y en a une autre, bien ajustée, une mauve qui fait briller mes yeux quand je la porte. Elle m'attend aussi, on dirait.

Même si c'est la règle du noir aujourd'hui, j'ai envie de mauve et de brillant dans mes yeux.

La mauve, je l'ai achetée dans un magasin qui coûte cher juste pour dire que j'ai une robe qui coûte cher. Je n'avais plus un sou après cet achat-là, mais je m'en foutais. Je me sentais belle dedans. Elle s'arrête juste au-dessus de mes genoux, on voit mes jambes beaucoup. Même que j'ai l'air d'une femme quand je mets des bijoux et tout.

J'ai envie de colorier ma journée plate.

Fuck la règle du noir.

En sortant de la douche, j'enfile la robe mauve. Le tissu colle sur mon corps et mes cheveux mouillés dessinent un grand cerne plus foncé sur chacune de mes épaules. J'enroule les lacets de cuir de mes sandales autour de mes chevilles, un peu comme les Romains, et je descends dans la cuisine. Mes cheveux sont lourds, pleins d'eau encore. Mon père boit du jus vert gazon-épinette.

Je m'appuie sur son épaule et je lis un peu le journal en même temps que lui. On ne dit pas grand-chose. On n'est pas des lève-tôt, nous deux. Il sent le matin, mon père. Il sent le café, le t-shirt propre et le papier journal. Un beau mélange.

Je bois trois gorgées de jus d'orange et je prends un croissant pour la route. Mon dîner est prêt dans un petit sac brun. Mon père aime faire mes lunchs avant de se coucher, tant mieux.

— Elle est où, Annette ?

Mon père me dit en bâillant, sans fermer le journal :

— Elle est partie jogger.

— Jogger ?

— Oui, c'est nouveau. Elle est pas très endurante, elle devrait pas tarder.

Je suis certaine qu'Annette court vite pour oublier son mauvais choix d'hier. Peut-être qu'elle regrette déjà d'avoir brisé le cœur de Simon. Moi, à sa place, je m'en mordrais les doigts, il est tellement beau. Mon père boit une gorgée de jus et soupire.

— Elle voulait absolument que son ensemble de jogging soit mauve. C'est pas très sportif, ça. Elle voulait que je te dise qu'elle a tenté de te réveiller pour que tu l'accompagnes, mais tu dormais trop profondément.

— T'sais, moi, courir pour aller nulle part, c'est pas mon fort.

On éclate de rire en même temps. Ça me réveille, on dirait. J'aime les matins comme ça.

C'est vrai que j'étais loin dans mon sommeil. Je rêvais qu'il se passait quelque chose et que l'été ne finissait jamais, que je n'avais plus mal aux coups de soleil et qu'un garçon faisait des nœuds avec mes cheveux, assis à côté de moi sur le gazon sec qui piquait nos fesses (on était en maillot de bain). C'était un rêve assez le fun.

— Bye, papa. T'es beau !

— Fais pas de mauvais coups.

— Promis, j't'aime, bye !

Je ne fais jamais de mauvais coups. Rarement, en fait.

Avant de partir, je passe par la salle de bain pour brosser mes cils avec un peu de mascara, rien d'autre. Je me pince les joues et elles sont juste assez roses.

Je n'ai vraiment pas hâte qu'Annette nous quitte pour la grande ville. Les cours commencent bientôt à l'université. Le temps me semble toujours plus long quand elle n'est pas ici. Moi, avant d'être obligée de m'inscrire à l'université, j'aimerais partir en Californie pour vivre et ne rien faire, pour écrire des poèmes et boire de la slush à longueur d'année (et peut-être aussi pour aller rejoindre Duncan Riffle et rattraper le temps perdu). On boirait de la slush de toutes les couleurs, de toutes les saveurs, même de la slush à la vodka les samedis soir. Peut-être qu'en Californie, ils ont déjà inventé de la slush qui ne gèle pas le cerveau. Ce serait pratique pour quelqu'un comme moi qui aime bien la boire très rapidement, même d'un coup, en une seule grande gorgée.

Je sais déjà que je vais aimer la Californie. J'aime les palmiers et les boissons glacées. C'est le plus beau duo du monde.

En sortant sur la véranda, j'ouvre mon téléphone et il vibre. C'est Annette qui me souhaite une bonne rentrée. Elle texte en joggant... Mon père a raison, ce n'est pas très sportif, son affaire.

J'aurais peut-être dû partir, moi aussi. Étudier en ville, faire ma propre épicerie, frotter le bain, cuisiner, prendre le métro, vivre à l'étroit ; ça me paraît moins épeurant maintenant. Au moins, j'aurais eu Annette. Mais mon père aurait été tout seul dans sa grande maison, sa vieille maison pleine de souvenirs, tout seul à lire, à cuisiner juste pour lui, à attendre que le téléphone sonne, à soigner des maladies et à jouer à des jeux vidéo. Mon père, les rares fois qu'il a un peu de temps de libre entre les heures supplémentaires, les diagnostics tristes et les nouvelles maladies, est encore un ado.

Quand Annette me parle de Montréal, tout est tellement fou et nouveau. Elle fête, elle danse sur les tables, elle boit du café qui coûte cher, elle parle un peu à la française (elle dit que c'est un accent montréalais), elle s'habille dans les friperies (jupe en jeans 3 $, foulard 50 ¢, manteau de cuir 8 $), elle écoute de la musique pas écoutable (mais c'est la mode). Elle habite avec deux amies d'école près de l'université, dans un appartement peint en toutes sortes de couleurs. Si j'étais partie avec elle, je l'aurais vite regretté, je le sais. Parce que je suis bien ici dans ma maison blanche, dans ma grande chambre pleine de soleil le matin, dans mon lit *Queen* qui sent bon les draps propres, avec mon père qui sent bon le café. Je me serais ennuyée de son jardin mal entretenu et de sa limonade d'été. Je suis mêlée, c'est parce que je grandis, je pense.

Mes sandales râpent déjà mes talons, elles sont loin d'être confortables, la marche jusqu'au cégep sera pénible. Mais elles sont tellement belles, ce sont mes préférées, je suis capable de souffrir un peu pour faire bonne impression, surtout aujourd'hui. Ma robe mauve remonte un peu le long de mes cuisses pendant que je marche, je l'étire pour qu'elle paraisse moins courte. J'aurais peut-être dû porter autre chose, du noir, comme d'habitude. Depuis que je sais que Pierre existe, je change d'idée souvent, j'ai de la difficulté à suivre mes allers-retours.

J'aurais pu prendre ma vieille Subaru ce matin, mais j'aime mieux marcher, ça dégourdit et ça étire le temps avant mon premier cours. Je pense un peu à Pierre. Je me demande s'il aime le mauve et les robes comme la mienne, s'il aime les cheveux roux un peu mêlés, les filles qui ne portent que du mascara et qui se pincent les joues pour les rougir un peu, les sandales comme les miennes et le noir en été.

Je pense un peu à Pierre et je m'en veux. C'est con de penser à un con blond, à ses yeux bleus, à ses cuisses de fer et à sa bouche en « O » qui siffle mes chansons préférées. Il est loin de ressembler à un bassiste aux cheveux pas de couleur, alors ça ne donne rien.

Pierre, va-t'en de ma tête. Fais de l'air et du vent.

La rue Principale est bruyante. C'est l'heure de pointe à petite échelle, on est loin de Montréal. Ça sent le bon pain, ça sent les restos à déjeuner, le café filtre, la première cigarette sur les terrasses, le journal fraîchement imprimé. Ça sent aussi la rentrée scolaire et les ados stressés, bronzés ou blasés. Beau mélange d'odeurs, belle petite ville agitée.

Au moins, il fait soleil, l'été fait son agace.

Quand j'entre dans le cégep, il fait sombre et ça me rend triste. La radio étudiante est trop forte, on n'entend rien. Les ados stressés se disent qu'ils sont stressés, les bronzés se disent qu'ils sont bronzés, les blasés ne se disent pas grand-chose ; ils sont blasés. Moi, je suis neutre, je suis en mode ni chaud ni froid. Tout ce qui m'importe pour l'instant, c'est ma robe qui remonte toujours. Elle raccourcit à chacun de mes pas.

Je m'assois sur un banc en plastique qui fait face à un autre banc en plastique, une fausse plante à ma droite, une fausse plante à ma gauche, de la fausse terre dans chacun de leurs pots, des pots en plastique pour faire changement. Mon cours de français commence dans dix minutes. Je suis en avance, c'est rare, je dois en profiter. Je sors mon iPod, j'ai envie d'écouter des chansons tristes. C'est toujours réconfortant des paroles tristes, de la musique triste, des voix tristes.

Ça réconforte et je ne sais pas pourquoi.

J'écoute une chanson de Damien Rice qui parle d'amour, une chanson de Vincent Vallières qui parle d'amour aussi, une chanson de Death Cab for Cutie qui parle d'amour à coups de *I love you*, puis une autre de Renaud qui parle d'amour à Paris.

C'est beau dans mes oreilles.

Je ferme les yeux. Sur mon banc d'école. Entre deux fausses plantes.

Renaud me chante un poème, c'est beau. Il dit :

À m'asseoir sur un banc cinq minutes avec toi /Et regarder les gens tant qu'y en a /Te parler du bon temps qu'est mort ou qui r'viendra /En serrant dans ma main tes p'tits doigts /Pis donner à bouffer à des pigeons idiots / Leur filer des coups d'pied pour de faux /Et entendre ton rire qui lézarde les murs /Qui sait surtout guérir mes blessures.

J'ai déjà écrit un poème d'amour pour un Australien qui m'a conduite chez moi dans son pick-up vert flash. Je faisais du pouce parce que je trouvais ça cool et il s'est arrêté. Il a baissé sa fenêtre et m'a fait un sourire gêné. C'était la tempête dans le fond de mon ventre, j'avais peur un peu. J'imaginais le meilleur et le pire.

Mes mains étaient mouillées et je tirais sur mes shorts pour qu'ils cachent bien mes cuisses. C'était mon premier été au parc aquatique et je m'étais rendue à vélo au travail. J'avais pédalé une heure pour m'y rendre, mais à la fin de la journée, j'avais les jambes molles et les fesses engourdies. Le conducteur étranger est descendu de son pick-up pour attacher mon vélo derrière pendant que je m'assoyais côté passager. Étonnamment, les bancs en tissu sentaient le propre.

Dans un français pénible, il m'a raconté qu'il travaillait au Québec depuis trois ans, mais qu'il retournait en Australie tous les hivers. Il riait souvent entre ses phrases, comme pour faire une pause. Un rire pas si beau, mais un rire exotique tout de même.

Moi, j'essayais de lui mimer le concept d'un parc aquatique, mais c'était assez difficile. Je riais aussi entre mes mots en anglais, comme pour m'excuser d'être là, dans son pick-up, à mimer des trucs pas possibles comme une glissade d'eau.

Au tout début, je regrettais d'avoir levé le pouce, mais plus on roulait, plus je voulais rouler longtemps. Pas parce qu'il était beau ou grand ou bronzé. Seulement parce qu'il riait entre ses phrases et que ses bancs de pick-up sentaient le propre.

En chemin, l'Australien me parlait beaucoup de son chien qui était loin d'être beau. Jamais il n'avait réussi à donner la patte. Ni la gauche ni la droite. Ça me faisait rire de le voir rire de son chien pas très intelligent. Puis on est arrivés devant ma maison. En décrochant mon vélo, il m'a fait un clin d'œil comme dans les films et il a attendu que je sois à l'intérieur pour reculer et rouler jusque chez lui.

Je ne lui ai même pas demandé son nom. J'étais peut-être trop nerveuse pour penser aux choses simples. J'aime m'imaginer qu'il s'appelait Joshua ou Ryan ou Mitchell. Pas un nom de p'tit gars plate. Un nom d'homme fort.

En entrant dans la maison, j'ai couru dans les escaliers bruyamment et je me suis tout de suite mise à écrire un poème d'amour. J'étais inspirée comme dix ! Le morceau de papier est encore caché entre mon matelas et mon sommier. Je l'ai parfumé avec ma vieille eau de toilette. Des fois, ça sent la gomme balloune en plein milieu de la nuit et ça me rappelle que le poème dort là.

J'ai hâte de voir ce que tomber amoureuse va me motiver à faire. De grandes choses, sûrement.

Ma déclaration d'amour n'était pas bien longue. Je la connais par cœur. Quand je la relis je me sens nouille un peu, mais je suis fière pareil.

J'ai l'goût d'être ta blonde.

J'ai l'goût d'écouter Romeo + Juliet *(celui avec DiCaprio) avec toi dans ton salon.*

J'ai l'goût d'me promener avec une pancarte dans le cou qui dit que c'est grâce à moi si tu souris tout le temps comme ça.

J'ai l'goût d'être ta blonde.

J'ai l'goût d'avoir des frissons et de ne pas savoir si j'ai chaud ou si j'ai froid.

T'es beau tu sens le popcorn pis les Smarties en même temps.

Tu m'aimes-tu ?

Moi oui en tout cas.

C'est fou de rêver à des affaires comme ça, de s'imaginer être la blonde d'un étranger qui a été assez gentil pour me faire une place dans son pick-up vert pour une dizaine de minutes. Et je ne connais même pas son nom.

En repensant à tout ça sur mon banc, j'ai eu le temps d'écouter six longues chansons tristes.

Mais là, je suis en retard, trop en retard. Tant pis pour le français, je reste ici pour encore trois chansons. J'examine mes talons, j'ai mal. Ils sont rouges parce que mes sandales me râpent toujours les talons. Quelqu'un prend place sur le banc à côté de moi et je reconnais tout de suite les Converse verts de Pierre, il a dessiné un bonhomme sourire au crayon-feutre noir sur le bout du soulier droit. Je fais comme si je ne l'avais pas remarqué, je garde la tête baissée et je monte le volume de mon iPod. Il prend son temps pour finir son cégep, on dirait, je ne pensais pas le voir ici. C'est peut-être le sport qui prend trop de place, il passe sûrement trop de temps à s'entraîner et à pédaler pour étudier au même rythme que les autres.

Il tape du pied assez fort, on dirait qu'il veut attirer mon attention. Il se penche et appuie ses coudes sur ses genoux, il croise ses dix doigts. Je ne vois même pas son visage, je regarde toujours mes sandales. On reste comme ça le temps d'une demi-chanson, *Elevator Love Letter* de Stars, puis il se penche vers moi, il prend doucement le fil de mon écouteur gauche et il le tire de mon oreille.

Je n'ai plus le choix.

Je tourne la tête et tout ce que je vois, ce sont deux grosses billes bleues à quelques pouces de mon visage un peu comme l'autre nuit sous le chapiteau. Il recule et me sourit, c'est beau et pas beau en même temps.

— Qu'est-ce que t'écoutes, Billie ?

Je presse le bouton pause sur mon iPod.

— Du triste.

— Du quoi ?

— Des chansons tristes, Pierre.

— T'es triste ?

— Ben non.

— Ben là...

J'enroule les écouteurs autour de mon iPod.

— Ben, c'est ça.

Sans me regarder il me dit :

— Billie, t'es une fille bizarre...

Je soupire bruyamment, même si j'aime ça qu'il me trouve bizarre, dans le fond.

— Toi, qu'est-ce que t'écoutes ?

Il a toujours ses écouteurs, les siens sont disproportionnés et couvrent ses oreilles en entier.

— Du rap que t'as jamais entendu.

— OK.

J'ai envie de jaser avec lui longtemps même s'il est arrogant, j'ai envie d'étirer le moment, alors je cherche des choses à dire, n'importe quoi.

— Alors, elle est vraie, cette histoire-là...

Il accroche ses écouteurs à son cou.

— Quelle histoire, Billie ?

— Celle de la gymnaste...

— De quoi tu parles ?

— C'est vrai que t'as quitté Adèle pour aller rejoindre une gymnaste en Finlande ?

Il se met à sourire et remet ses écouteurs sur ses oreilles, j'entends sa musique, le volume est au maximum.

Il m'énerve quand il se fout de tout, ça le rend encore plus blond et plus intimidant. Les gens autour racontent des histoires sur lui parce qu'il est différent, parce qu'il est intrigant, et ces histoires-là entrent par son oreille gauche et sortent par la droite.

À mon tour, j'enlève doucement ses écouteurs de ses oreilles. Sans me regarder, il dit tout bas :

— J'ai jamais mis les pieds en Finlande.

J'ai une petite boule de honte dans le ventre.

— Et Adèle ?

Il se lève et accroche son sac à dos sur son épaule.

— Adèle qui ?

Puis, sans que j'aie le temps d'en rajouter, il sourit et s'en va, satisfait d'avoir gardé la tête froide. Il marche, il est fier et beau et beau, maudit qu'il est beau. Je ne sais même pas le nom de famille d'Adèle, c'est encore lui qui a le dernier mot.

Je le regarde s'éloigner. Au bout du long couloir, il s'arrête pour parler à une grande brune. Ils jasent un temps, puis elle se tourne discrètement vers moi. Pierre lui dit quelque chose à l'oreille et elle continue de me regarder comme si la conversation me concernait. Je baisse la tête et tente de l'oublier, lui et ses Converse verts. J'ai des abeilles dans le bas du ventre et mes paumes sont mouillées. C'est ridicule l'effet qu'il a sur mon corps. J'ai chaud et j'ai froid. Je me demande si la grande brune est plus belle que moi. Sûrement que oui, de loin, c'est presque une femme.

La salle de classe de philosophie est bondée, il reste une place bien en avant, collée au bureau du professeur. Un long trois heures de théorie m'attend, j'ai donc beaucoup de temps pour essayer d'arrêter de penser à Pierre, à ses souliers, à la gymnastique rythmique, au rap que je n'ai jamais entendu et au regard de la grande brune. Peut-être qu'il est amoureux d'elle.

J'aurais vraiment dû porter autre chose, quelque chose de plus discret ou de moins ajusté ou d'un peu plus long. J'ai l'air d'une saucisse mauve tellement ma robe me colle au corps, c'est triste. Je regarde ma montre aux trente secondes, je n'écoute absolument rien. Je copierai les notes d'un étudiant un peu plus à son affaire que moi en échange de quelque chose, des sachets de ramen ou du Gatorade, je sais pas. Ou j'irai fouiller dans celles d'Annette, ses cahiers sont toujours pleins de couleurs et de schémas bien clairs. Ma sœur c'est une bonne élève, je suis certaine que ses vieilles notes vont m'être utiles.

En sortant de la salle de classe, je vois la grande brune qui parlait avec Pierre un peu plus tôt, appuyée sur un casier, comme si elle m'attendait. Je lui souris pour être polie, puis elle s'approche de moi rapidement.

— Salut, Billie !

— Allô ?...

— C'est ta première journée de cégep ?

— Heu... Oui, première journée.

— T'aimes-tu ça ? T'allais à quelle école avant ?

— Je... je trouve ça correct, mais j'ai juste eu un cours...

— Cool ! Pis t'es allée à quelle école secondaire ?

Elle me donne mal à la tête, je ne comprends pas vraiment où elle veut en venir avec ses questions.

— Au Collège de la Montagne.

— Pis t'es dans quel programme ?

— Arts et lettres...

— Une artiste ! Moi, j'suis en sciences humaines avec Pierre Forêt, tu le connais, j'pense ?

— Pas vraiment, là... De vue...

Elle sourit et me tend la main. Elle a de beaux yeux noirs, son nez est pointu et peu discret, mais elle le porte bien. C'est certain que Pierre est amoureux d'elle.

— Moi, c'est Daphné. Tu fais quoi ce soir ?

On dirait qu'il lui manque un peu de gêne. Elle est belle et pas gênée.

— Heu, je... j'ai un cours de ballet...

— Tu fais du ballet ? Trop cool. Après ton cours, tu fais quoi ?

— Je... je vais me coucher.

— Tu vas t'coucher ?

Elle commence un peu à m'énerver.

— Oui, j'vais me coucher. On est lundi, c'est la rentrée, j'ai un cours demain matin. Pourquoi ?

— Mon chum Olivier, Pierre pis moi, on sort à Sherbrooke, ce soir. Tu veux-tu venir ?

— Non. Non, merci. Sherbrooke c'est laid comme ville, ça sent juste l'université.

Et je souris légèrement, pour être polie encore, mais je souris beaucoup en dedans parce qu'elle a un copain au moins. Minivictoire. Je suis surprise qu'elle ne voie pas les points d'interrogation dans mes yeux, elle pourrait au moins me dire pourquoi elle m'invite comme ça, sans me connaître.

— Faque, non ?

— Non...

Non, mais oui. J'ai un embryon d'espoir qu'elle m'invite parce que Pierre le lui a demandé.

— Donne-moi au moins ton numéro de cellulaire, au cas où on pourrait se reprendre.

Je soupire. Elle sort son BlackBerry de sa poche et note mon numéro comme si on était de nouvelles amies. Je souris sèchement et enfonce mes mains dans les poches étroites de ma robe mauve trop serrée.

— Bye, Daphné.

— Bye, Billie. À ce soir peut-être !

— Mmm, ça me surprendrait, mais merci pour l'invitation !

Je tire sur ma robe, elle remonte encore sur mes cuisses. Daphné reste adossée au casier et tapote sur le clavier de son téléphone en souriant.

Boire de la bière avec Pierre dans une ville universitaire, ça pourrait être de la magie, mais de la magie qui fait peur. Je ne sais pas si j'ai envie d'avoir peur, d'avoir chaud et froid dans une ville universitaire.

Dehors, je croise Pierre qui fait semblant de ne pas me voir. Je fais pareil, je baisse les yeux et je me remets à écouter de la musique triste.

Il est beau même quand il fait semblant de ne pas me voir. C'est être vraiment beau, ça, dans mon échelle de beauté.

5

PIERRE CŒUR DE FOND DE BIÈRE

J'aime vraiment pas ça, le ballet en été, c'était la pire idée. J'ai mal aux jambes, aux bras, aux doigts, aux pieds surtout. J'ai les genoux qui tremblent, j'ai seulement hâte de me doucher et de m'enrouler dans mes draps fleuris. Notre chorégraphie sur Chopin serait plus jolie si la professeure m'avait placée bien à l'arrière. Je suis à l'avant et au centre, je mêle tout le monde ; j'ai encore une petite difficulté avec la gauche et la droite.

En fourrant mes chaussons de ballet dans mon sac, je vois la petite lumière rouge de mon téléphone portable qui clignote. J'ai un message texte, c'est Daphné. Elle insiste encore pour ce soir. Je l'efface. Dès que l'icône disparaît, le téléphone se met à sonner. Le numéro de Daphné apparaît, je réponds.

— Oui, allô ?

— Allô, Billie, c'est Daphné !

— Ah, allô.

— Billie, viens donc... Viens, on va avoir du fun !

Ça m'étourdit d'avoir envie et pas envie en même temps.

— Mais on s'connaît même pas ! J'comprends rien, pourquoi t'insistes autant ?

Tout d'un coup, elle est beaucoup plus calme, elle soupire.

— C'est Pierre.

— Quoi, Pierre ?

— Pierre aimerait ça que tu viennes.

Ses paroles résonnent dans ma tête, j'ai une boule de quelque chose dans la gorge et dans le ventre, encore. Mes mains se mouillent aussi. Je les essuie sur mes collants déjà trempés. Je me répète les paroles de Daphné.

— Pierre veut vraiment que je vienne ?

— Ben, oui... vraiment.

— Je... je... j'te rappelle. Dans dix minutes.

— OK, on t'attend.

Et je raccroche. Je croise les doigts pour que mon père me donne la permission de sortir ce soir, à une heure de route d'ici, pour passer du temps avec un garçon qui s'appelle Pierre dans une ville universitaire.

J'ai envie de les rejoindre. De le rejoindre. Mais je sens le ballet classique en été, je sens les collants mouillés et les chaussons en cuir rose. Je pue la danse.

En arrivant à la maison, je rejoins mon père au salon, il regarde un vieux *Star Wars* sans le son en lisant une brique, une encyclopédie sur les maladies dégueulasses sûrement.

— Papa ?

— Quoi, mon amour ?

C'est bon signe, il est distrait, il n'a même pas levé les yeux de son livre, peut-être qu'il acceptera plus facilement.

— Est-ce que je peux aller prendre un verre avec des amis ?

— Non.

Maudit...

— Pourquoi, papa ?

— Parce que.

« Parce que », ce sont les deux mots que j'aime le moins.

Je m'approche et m'assois sur le bras du fauteuil.

— S'il te plaît.

— On est lundi.

— Ouin, pis ?

Il pose doucement sa main sur mon genou.

— L'école est commencée. C'est non négociable, Billie.

— À minuit, j'vais être dans mon lit. Sans bruit. Dents brossées, yeux démaquillés, pieds lavés.

Il soupire, puis me regarde droit dans les yeux.

— Vingt-trois heures trente, c'est mon dernier mot.

Je lui donne un baiser sur le front et sans rien dire de plus, je monte à l'étage. La douche brûlante apaise la douleur de mes muscles. Je me détends un peu, mais mon cœur bat tellement vite et fort qu'on dirait qu'il veut sortir de ma poitrine. Je ne prends même pas le temps d'essuyer l'eau sur ma peau, j'enfile des shorts en jeans et un t-shirt bleu royal assez ample. C'est mon préféré. Il appartient à Annette, elle l'avait acheté dans un petit kiosque à Times Square et avait fait imprimer le visage de Patrick Swayze dessus. C'était à l'époque où on regardait *Dirty Dancing* (1 et 2) une fois par jour en mangeant des céréales au chocolat.

Je sors mon téléphone de mon sac de sport et compose le numéro de Daphné. Mon cœur est pressé. Elle répond tout de suite.

— Je mets du mascara et j'arrive, c'est bon ?

— Oui ! Rejoins-nous à la brasserie, Pierre finit de travailler dans trente minutes.

Pierre. Ce nom-là va me rendre folle. Chaque fois que je l'entends, mon cœur se squeeze. Ça fait même un peu mal pour vrai.

Je raccroche et je tremble encore, mes mains sont redevenues moites. Je me regarde dans le miroir et je me trouve ordinaire, je n'ai pas le temps de sécher mes cheveux, mais je baisserai les fenêtres de la voiture et le vent aidera un peu. J'espère.

Je glisse mes pieds encore douloureux dans mes sandales de cuir, j'hydrate mes lèvres avec du rouge Cherry Cola et enfin je suis un peu jolie. Ma mère me dirait d'aller changer de t-shirt, mais elle n'est pas là, alors on s'en fout.

Je passe voir Annette dans sa chambre, elle est en pyjama avec son amie Jeanne. Cette fille-là est tellement belle que c'est toujours difficile d'avoir confiance en soi à ses côtés. Je leur envoie un bec soufflé et je me sauve rapidement. Je ne veux pas qu'elles m'accompagnent, elles brilleraient trop et ça aveuglerait Pierre, il m'oublierait.

Avant que je claque la porte d'entrée, mon père me rappelle mon couvre-feu, mais je sais d'avance que je serai en retard. Je souhaite même revenir très, très tard et passer ma soirée à sourire.

Pierre qui sourit, j'ai hâte de voir ça. Moi qui souris parce que Pierre sourit, j'ai hâte de voir ça aussi.

Dans ma Subaru, c'est chaque fois comme si je volais. J'emprunte la route de campagne, la même qui mène au parc aquatique. Je roule le long des champs, je croise des fermettes, mais je ne peux même pas voir les chevaux ni les vaches, parce qu'il fait déjà trop noir. Ça sent le foin, les petits veaux, l'eau de ruisseau et mon shampoing à la noix de coco. C'est calme pour l'instant aux alentours, mais dans le fond de mon ventre, c'est le party. Ça vire fort.

J'écoute du Richard Desjardins, un disque à mon père. J'écoute des chansons qui parlent d'amour, encore. Le vent de campagne sèche mes cheveux tranquillement, mes joues rougissent parce que l'air est frais, j'ai la chair de poule, mes mains glissent sur le volant.

Je m'arrête mettre de l'essence et j'en profite pour répondre au message d'Annette, elle se demande pourquoi je suis partie si vite. Je lui dis que Pierre m'attend à la brasserie. Elle répond tout de suite :

No way!

Je réponds :

Oui!

Daphné et Olivier aussi seront là, mais l'important, c'est que Pierre m'attende. Le con d'avant devient rapidement le beau blond qui me donne la chair de poule.

Il était là l'autre soir, sous le chapiteau, à faire rire les autres, à briller avec ses yeux trop bleus et ses cheveux trop dorés. Et ce soir, il sera là, à briller juste assez des yeux et des cheveux, à être moins énervant, à être un Pierre qui sourit pour sourire, et pas seulement pour faire rire ou pour m'intimider.

Pierre m'attend à la brasserie. Je m'en fous des autres.

Je suis seule sur la route, plus que deux grandes courbes et j'y suis. La brasserie est située au centre du village touristique où je travaille. On s'y regroupe pour faire la fête, pour boire de la bière forte à longueur d'année, ça désengourdit du froid et ça rafraîchit pendant les canicules. Ce village-là n'a pas de secrets, tout le monde sait tout sur tout le monde, sauf en ce qui concerne Pierre et quelques autres exceptions. Chaque saison, ça vaut même la peine de rouler quinze minutes sur une route de campagne déserte pour manger un hamburger ou des frites belges à la brasserie. À côté, l'été, il y a le parc aquatique, la piste cyclable, le golf, et l'hiver, c'est le ski, la planche à neige, la raquette. Ça grouille et ça jase toujours. Dans ce village-là, les gars brisent des cœurs, les filles aussi, on joue avec nos sentiments. L'été, je m'y rends presque chaque jour, c'est comme si j'y vivais. J'y travaille, j'y mange de la crème glacée quand le soleil se couche, j'y bois de la bière aux framboises, j'y complique ma vie aussi, avec des histoires qui me divertissent. J'apprends qu'untel aime unetelle ou qu'unetelle trompe untel ; c'est compliqué ici pour notre adolescence en or, mais ça nourrit nos étés et nos hivers. Et chaque fois que je reviens chez moi, après avoir roulé quinze autres minutes sur la même route de campagne, j'ai déjà envie d'y retourner.

Devant la brasserie, la terrasse est vide, les lumières sont éteintes à l'extérieur. Le vélo de Pierre est dans le stationnement, barré à une clôture. Un beau vélo bleu, noir et jaune, un vélo qui doit coûter très cher et qui doit aller vite, vite.

J'ai mal au cœur. Pierre m'attend dans le restaurant. Moi, j'ai Patrick Swayze sur mon t-shirt et mes jambes tremblent un peu. J'aurais peut-être dû mettre une robe noire, une jupe courte ou garder ma robe mauve. Et j'aurais peut-être dû brosser mes cheveux ou utiliser un séchoir comme tout le monde, au lieu de me sentir poète et de les sécher avec du vent. C'est compliqué.

En coupant le moteur, je respire un bon coup. Je mets du parfum, juste un peu, Yves Saint-Laurent va m'embellir avec des tulipes.

Je sens la tulipe maintenant.

Je sors de la voiture et tire sur mes shorts, je secoue mes cheveux et resserre les ganses de mes sandales. Je monte l'escalier en bois pour atteindre la véranda qui entoure la brasserie, les marches craquent bruyamment. Je me répète tout bas que je devrais rebrousser chemin et oublier les blonds aux yeux bleus, mais Daphné se précipite pour m'ouvrir la porte.

Elle porte des leggings noirs et une robe jaune en coton. Elle est belle, Daphné.

— T'es belle, Billie, j'aime ton t-shirt.

Je touche l'imprimé du bout des doigts, je réponds un merci qui sonne faux parce que je vois Pierre, le dos tourné, assis seul sur une banquette plus loin en train de compter la caisse ; les derniers clients quittent le stationnement à vélo.

— Salut, Pierre...

Sans se retourner, il me répond un bonjour pas d'émotion. Daphné me présente à son copain, un garçon pas mal plus vieux que moi, pas trop grand ni trop mince. Il a même une petite bedaine de bière, et ses cheveux noirs et frisés lui donnent un drôle d'air. Il se présente avec un sourire tellement sincère qu'il devient charmant tout de suite.

— Salut, Billie, moi, c'est Olivier. Moi aussi, j'aime ton t-shirt.

Ça me fait sourire.

— Merci, je l'ai acheté à Times Square. Ben, c'est ma sœur Annette qui l'a acheté à Times Square. Peu importe.

Je suis plus calme. Le sourire réconfortant d'Olivier m'apaise. Je me fous de plus en plus de la froideur de Pierre qui enroule maintenant des ustensiles dans des serviettes de table. Daphné se déplace derrière le bar et me lance une bouteille de bière. La magie opère et je l'attrape comme une championne.

— Viens, on va la boire dehors pendant que Pierre termine la fermeture du resto. Il y a des caméras ici. Les patrons regardent les moniteurs et viennent nous chicaner si on traîne.

Je la suis à l'extérieur, Olivier est derrière. On s'assoit tous les trois sur les marches en bois, elles craquent. La bière n'est pas bonne, mais elle me calme. La porte est ouverte et on entend Pierre qui fait tinter les fourchettes et les couteaux, puis qui range les chaises sur les tables, on entend aussi du vieux blues qui joue doucement. Je me sens observée. Daphné me sourit, Olivier est mal à l'aise à cause du silence, moi aussi. Je lève ma bouteille et frappe doucement celle de Daphné, puis celle d'Olivier.

— *Cheers...*

Et on boit une gorgée pour briser le malaise.

Une quinzaine de minutes s'écoulent. On jase un peu, en surface, juste pour dire quelque chose. Olivier veut être réalisateur, Daphné veut le suivre partout, puis écrire un livre sur leur vie. Elle veut quatre enfants et un bras tatoué d'ici une dizaine d'années. Elle me fait rire. Elle devient presque sympathique, elle est beaucoup moins arrogante que ce matin. Olivier la regarde avec des étoiles dans les yeux quand elle parle. C'est beau. J'aimerais ça, moi, me faire regarder comme ça, avec des étoiles à la place des pupilles, ou un soleil aussi, pourquoi pas. J'aimerais ça, moi, qu'on me regarde avec une galaxie dans les yeux. Juste une fois, au moins.

Daphné boit une longue gorgée et se lève.

— Viens, Oli, on devrait aller acheter de la bière avant que ça ferme.

Olivier acquiesce d'un signe de tête et me sourit.

— On revient dans dix minutes !

Je n'ai même pas le temps de leur demander si je peux les accompagner qu'ils s'installent dans leur vieille Civic et ferment les portières. Je ne trouve pas logique qu'ils achètent de la bière juste avant d'aller dans un bar, mais je les soupçonne de vouloir me laisser toute seule avec Pierre.

Je regarde la voiture s'éloigner bruyamment, Daphné passe son bras par la fenêtre et me salue d'un signe de paix. Pierre sort sur la véranda et vient s'asseoir à côté de moi, une bière dans chaque main. Il m'en tend une, mais la mienne est presque pleine, il la dépose entre nous et ouvre l'autre. On reste silencieux. Je regarde mes pieds, il regarde sa bière, il boit une gorgée, moi aussi.

Il tend sa main vers moi et touche le tissu de ma manche.

— J'aime ton t-shirt.

Sans retirer ses doigts, il lève les yeux vers moi et me sourit.

Pierre sourit simplement pour sourire. Sincèrement, cette fois.

Sans le remercier, je détache mon regard du sien et je bois une autre gorgée. J'apprends de la nonchalance de Pierre, on dirait. J'y prends goût aussi. Ses yeux bleus brillent encore plus que d'habitude, on dirait même qu'ils sont mouillés, huileux.

Pierre a les yeux dans l'huile.

Il porte un pull de laine bleu très foncé, col en « V », il est bronzé (sûrement à force de faire du vélo sous le soleil), ses Converse sont blancs aujourd'hui. Il est beau, Pierre. Il est beau en bleu très foncé.

Je me décide à ouvrir la bouche, je prends une longue gorgée.

— On va où ce soir, déjà ?

— J'sais pas trop, un p'tit pub à Sherbrooke. Paraît que la musique est bonne. La bière aussi. Que ça veille tard et tout.

— Cool...

— Ouais...

On n'a rien à se dire. Tellement rien. Et ça me fait paniquer. Je bois gorgée sur gorgée. Tout ce qu'on entend, ce sont nos bouches qui boivent et la bière qui glisse dans nos gorges. La mienne est serrée. La sienne aussi, ça s'entend, ça se sent.

— T'es belle ce soir, Billie.

J'avale de travers. Je toussote des points d'interrogation.

— Quoi ?

— Rien...

— J'suis belle, tu trouves ?

Il sourit encore.

— Ouais, quand même.

On dirait qu'il est sincère. Et gêné de l'être. Moi, ça me donne un grand frisson dans tout mon corps. Il enchaîne :

— T'as froid, t'as la chair de poule.

Je suis congelée.

— Un peu, pas grave.

D'une façon très peu galante, il me tend l'autre bière. Je prends son geste pour de la maladresse.

— Ça va te réchauffer.

— Merci, Pierre.

Je l'ouvre difficilement et lance le bouchon dans l'herbe. Je veux éviter les silences, je cherche quelque chose à dire, c'est interminable.

— Tu fais-tu pas mal de vélo ? Genre, tu roules combien d'heures par semaine, mettons ?

— Tous les jours, là. Le matin pis l'après-midi. Avec mon équipe au complet.

— Han, ça fait beaucoup...

— J'suis habitué. Pis j'aime ça. C'est ma passion. Toi, t'as-tu une passion ?

— Les chansons tristes, j'pense. Pis les poèmes d'amour.

— C'est des belles passions. Peu communes.

Il boit une longue gorgée et soupire.

— Billie...

— Quoi ?

— T'as-tu déjà fait des affaires ?

— Des affaires comme quoi ?

— Des affaires de *grown-ups*, là, des affaires de femmes, je sais pas... OK, je sais... As-tu déjà fait l'amour, Billie ?

Mon cœur tombe et rejoint le fond de bière au creux de mon ventre. Je prends huit longues gorgées sans m'arrêter. Le con. Le con blond qui pose des questions pas propres pour me faire feeler tout croche.

Je réponds doucement, les dents serrées :

— T'es ben épais.

— Faque non ?

— Faque ferme ta gueule.

— Calme-toi, Billie. C'est pas la fin du monde.

— C'est pas de tes maudites affaires, Pierre Forêt.

Ça commençait tout juste à être confortable avant qu'il me pose cette sale question-là, c'était presque normal d'être là tous les deux assis dans les escaliers. Je respirais mieux.

— T'es belle, c'est tout.

— C'est quoi le rapport ?

Il me regarde dans les yeux, très sérieux, comme s'il regrettait un peu ses paroles.

— T'es belle, j'ai dit. C'est tout.

— Maudit que t'es con, c'est tout.

Je suis fâchée bleu foncé, plus foncé que son chandail.

Daphné et Olivier arrivent dans le stationnement. J'ai encore plus froid qu'avant, je garde ma mâchoire bien serrée, j'ai envie de retourner chez moi et d'écouter des vieux *Degrassi* en robe de chambre douce à l'abri de ses questions de blond. Daphné est au volant, Olivier sort sa tête et la caisse de bière par la fenêtre de la voiture, il sourit.

— Allez, on y va, y commence à être tard.

Pierre se lève rapidement et se tourne vers moi, il me sourit doucement, pour se racheter sûrement. Il me tend la main pour m'aider à me mettre debout. Je lui donne mon air le plus méprisant possible et agrippe le bout de ses doigts, mais dès que je suis sur pied, je les lâche sèchement.

J'entre dans la voiture et m'installe au fond, sur la banquette arrière. Pierre me suit et s'assoit très près de moi, au milieu du siège. Il boucle sa ceinture et laisse une place vide à côté de lui.

— Pourquoi tu t'assois dans le milieu ?

— Pour te réchauffer plus facilement.

Fausse politesse.

Je soupire et croise mes bras. Je suis toujours en colère, mais Pierre est magique parce qu'il m'adoucit en même temps. Il me souffle des mots galants pour ramollir mon mépris. C'est dangereux pour mon cœur, mais pas pour le sien. Il est où, justement, le sien ?

Tandis qu'on roule sur l'autoroute 10 vers l'est, j'ai envie d'ouvrir une bière et de la siroter en chemin pour me relaxer, pour me sentir plus légère, mais Daphné me chicanerait. J'ai déjà la tête qui tourne un peu et je suis bien, collée au corps de Pierre. Il avait raison, j'ai moins froid. On se touche à peine toutefois, juste assez pour se sentir. Nos genoux se collent, nos cuisses aussi, nos épaules surtout. J'oublie les conneries de Pierre et j'écoute Daphné chanter, j'écoute Olivier raconter un vieux souvenir, j'écoute Pierre en rire. Je ne dis pas un mot, mais je souris beaucoup en dessous de mon air bête qui s'en va plus rapidement que prévu.

On arrive au centre-ville de Sherbrooke. Dans les rues, c'est bondé de bandes d'étudiants ; les filles jambes à l'air, les garçons en *skinny* jeans. Ils marchent sur les trottoirs ou boivent sur les terrasses. Il fait clair dans la ville malgré la nuit, il y a des lumières partout. Daphné sirote une boisson énergisante une main sur le volant, elle monte le son de la radio et baisse les fenêtres.

J'ai bien fait de venir, je crois.

Pierre me jette un coup d'œil, il sourit, l'air tannant.

— Daphné, on est bientôt là ? Billie pis moi on a chaud et soif, et la bière s'en vient tiède dans la caisse.

— Trois minutes, Pierre.

Et comme si c'était le geste le plus naturel du monde, il glisse délicatement sa main gauche sur mon genou. On dirait qu'il dessine des nuages avec son doigt, c'est plein de subtilité, c'est doux, c'est juste parfait. J'essaie de ne pas réagir, de ne pas bouger, je ne veux pas qu'il lève son doigt de mon genou. Chatouillement sur ma peau gênée.

Daphné se stationne et arrête le moteur. On dirait que je me réveille ou que je sors d'une bulle, j'ai le corps engourdi par la bière qui date de la brasserie, par les nuages de Pierre sur ma peau. Daphné se tourne vers nous et dit :

— On est arrivés, y a plein d'monde, plein d'beau monde.

Elle remarque les doigts de Pierre, il les retire, elle sourit. Olivier n'a rien vu, il sourit quand même, juste comme ça. On sirote une bière dans le stationnement, Pierre nous raconte une histoire, je le revois sous le chapiteau gesticuler et faire rire ses amis. C'est du déjà-vu.

Dès notre entrée dans le bar, Daphné me tire par le bras et m'emmène danser. La musique est tellement forte, la terrasse est bondée, la piste de danse aussi. Pierre n'est pas là, il n'est pas du genre à danser, évidemment. Je le cherche un peu dans la foule, puis Daphné se penche vers moi.

— Arrête de le chercher. Plus tu t'en fous, plus il aimera ça. Je le connais, Pierre.

Je danse, il fait chaud, je suis déjà tannée, je cherche le blond pépite d'or dans la masse de cheveux ordinaires. Daphné prend ma main avec ses dix doigts et me tire vers les toilettes des filles. On s'enferme dans une cabine, je m'appuie contre la porte et elle s'assoit sur le siège des toilettes.

— T'as Pierre Forêt de tatoué dans tes iris, Billie.

Je cache mes yeux avec ma main, elle me sourit tristement.

— Reste prudente, enrobe-toi dans du papier bulle.

Mon cœur est déjà enroulé dans des barbelés, mais je suis curieuse, je voudrais tout savoir de Pierre. J'ai tout plein de points d'interrogation qui font des *meetings* dans ma cage thoracique depuis notre première rencontre.

— Pourquoi ?

— Pierre a pas vraiment de cœur encore. Amuse-toi dans ses yeux bleus, mais tombe pas amoureuse.

— Pas les deux ?

— Pas les deux.

Je me sens bizarre, bien et pas bien en même temps. Je veux m'amuser dans les yeux bleus de Pierre, dans les cheveux blonds de Pierre, dans les muscles d'homme de Pierre et je veux tomber amoureuse, aussi. De Pierre.

Elle ajoute :

— Il t'aime bien, tu l'intrigues, tu l'excites. Fais simplement attention. Tombe pas amoureuse, surtout. Fais l'amour avec lui, joue dans ses boucles, mais présente-le pas à tes parents.

— Ma mère tresse des cheveux aux Bahamas...

— *Whatever*, tes parents, ton père, tu comprends.

Moi aussi, je veux un cœur de roche comme Pierre. Moi aussi, je veux m'en foutre et seulement avoir envie de m'amuser avec un corps. Pierre le blond soleil de midi pourrait m'appeler Billie la fille de glace ou quelque chose qui veut dire que j'ai l'amour aussi difficile que lui.

J'offre un sourire engourdi à Daphné, un étirement de lèvres un peu triste, sans les dents.

— Pas de danger. Non, pas de danger, Daph, je sais comment ça marche.

Mais je ne sais pas. Pantoute.

Elle ne semble pas convaincue, mais sourit d'un seul côté de la bouche, tire mon bras vers le haut et me fait tourner sur moi-même. On transforme le cabinet de toilettes en piste de danse pour un moment. Je ris malgré tout, je m'amuse assez pour oublier mes envies d'amour.

Et le cœur de Pierre.

On sort des toilettes et Pierre est juste là, accoudé au bar, ses Converse d'un blanc un peu sale luisent dans le noir, on peut voir que ses lacets sont détachés. Il regarde les bulles dans sa bière, le dos courbé, le visage fermé. Moi, je suis tout le contraire de lui, mais je suis prête à jouer, aussi. Pas le choix.

Lui, il regarde ses bulles.

Je m'approche en contournant Daphné, je veux lui faire croire que je sais m'amuser avec le corps d'un garçon, je veux que Pierre voie une petite femme en moi à travers nos jeux. À côté de lui, il y a un banc libre, j'y dépose le bout de mes fesses et reste appuyée sur la pointe des pieds. Il lève les yeux.

Je me commande un gin tonic avec du concombre. Je le paie. Je le bois presque au complet. Long silence, puis Pierre se racle la gorge :

— T'es belle, Billie-Lou.

Il parle la bouche près de son verre, ses mots auraient pu se noyer dans sa bière, mais j'ai tout entendu, bien clairement. Mon nouveau surnom me donne la chair de poule. Moi, je retiens un « Pis toi, t'es beau, Pierrot », mais je ravale mes mots d'amour. J'attends, je joue lentement.

Je bois pratiquement tout le reste de mon gin tonic, je le laisse rafraîchir le dedans de ma bouche et j'avale ma dernière gorgée. J'ai la langue et le palais frais. Pierre dépose sa bière, prend ma tête entre ses mains et m'attire vers lui. Il colle son nez au mien, puis tire mon menton avec son pouce et son index, avant de poser sa bouche sur mes lèvres comme des glaçons.

Un hippopotame.

Deux hippopotames.

Trois hippopotames.

Après trois longues secondes, j'arrête de compter. On va peut-être se rendre à mille baisers, mille longues secondes, mille hippopotames. Nos dents se cognent, mais je m'en fous. Je ne ferme qu'un œil, le gauche. Le droit sert à voir s'il ferme les yeux, lui aussi, ou s'il les garde grands ouverts pour s'exciter devant mon visage excité. Je me risque à toucher sa cuisse, je la sens se durcir, il est tendu, mon geste le rend nerveux peut-être.

Tant mieux.

Il est un Pierre-nerveux, moi une Billie-Lou-longs-baisers.

J'ai la bouche engourdie et c'est bon. Je détache ma langue de la sienne et je prends une seconde pour le regarder dans les yeux. Ses billes bleues fuient mon regard, il s'obstine à fixer mon cou, mes épaules ou mes oreilles, tout sauf mes yeux à moi.

Il n'y a pas de feux d'artifice dans son visage presque parfait, il y a seulement un peu de désir et du malaise. C'est un mélange que je n'aime pas, j'aurais voulu voir de l'amour, un petit peu, au moins pour ma bouche, pour nos baisers. De l'amour amusé, genre, au moins.

Pour atténuer le malaise, il serre ma tête un peu plus fort entre ses mains et m'embrasse, les paupières fermées. Elles sont scellées si étroitement que je ne peux pas voir ce qu'il sent en lui, dans son cœur ou dans son corps, quand il goûte à ma bouche. Il joue avec mes sentiments sans le savoir.

Je regarde ses yeux bouchés comme des fenêtres cadenassées, je donne raison à Daphné ; la cage thoracique de Pierre est vide, il n'y a pas de cœur qui s'y cache. Et je ne vois rien dans nos baisers.

Mais mon corps continue de vibrer parce qu'on lui donne un peu d'attention avec des becs mouillés, presque langoureux. Je suis tout engourdie, ma peau est chaude, brûlante, pleine d'envie. Sa main droite descend sur ma hanche, il serre les doigts sur mon t-shirt. Je prends le temps de respirer, ça sonne comme un soupir, on s'arrête. Pierre se tourne vers le barman et commande une bière.

Moi, j'essuie ma bouche en levant mes fesses du banc, puis je vais rejoindre Daphné et Olivier sur la terrasse. Je me sauve un peu pour mieux revenir, je n'en ai pas eu assez, je veux mettre de la magie dans ses yeux, des minifeux d'artifice au moins pour commencer.

J'essaie de ne pas trop montrer à mes nouveaux amis à quel point je suis ébranlée ce soir. Olivier tire un tabouret à côté de lui et caresse le cuir du banc pour m'inviter à m'asseoir. Je m'installe, les mains entre mes genoux, mon corps est lourd. Daphné prend mon menton entre ses doigts et regarde droit dans mes yeux.

— Oublie pas ce que je t'ai dit. Tombe pas amoureuse.

— Non, non, ben non, voyons donc, je sais ben.

Je respire un bon coup, bruyamment, puis je souris. C'est un sourire pénible qui s'étire lentement, ça me fait presque mal aux joues. Je sens une main serrer mon épaule droite, Daphné lâche mon menton et range ses doigts dans ses poches. Pierre nous rejoint et s'installe à côté de moi, il masse doucement ma peau sous mon t-shirt ; il a glissé sa main par le col. Elle est froide, sa bière lui a gelé les doigts. Moi, j'ai la chair de poule même si la peau me brûle aussi fort qu'un coup de soleil. Je fais pivoter mon banc avec mes pieds pour lui faire face, il retire sa main de sous mon t-shirt et la pose sur mon oreille, les doigts mêlés dans mes cheveux.

Il m'embrasse. Comme ça, sans gêne. Il me frenche fort. Ça goûte bon le fond de bière, ça goûte vraiment bon dans sa bouche. Je n'entends même plus Daphné qui ricane ni Olivier qui dit des niaiseries, je crois qu'ils sont surpris de la fougue buccale de Pierre, autant que moi d'ailleurs.

On s'échange des baisers sans compter les hippopotames, j'aime mieux compter les pauses qu'on fait pour reprendre notre souffle. Sept courtes pauses et on se tanne. J'ai les lèvres engourdies et tout le tour de la bouche mouillé, les baisers se ressemblent à la longue. La septième pause s'étire, je m'attache les cheveux en queue de cheval, il s'essuie les coins de la bouche et replace son pull sur ses épaules.

Nos baisers étaient peu passionnés, pas amoureux. Ça me rend triste, ça m'enlève mon élan. J'ai un haut-le-cœur de salive et de bière chaude. C'est un jeu épuisant et vide un peu.

Pierre s'impatiente tout d'un coup :

— Bon, on y va-tu ? J'suis tanné, les universitaires m'énervent.

Daphné se lève, moi je reste assise, le dos courbé encore, toujours.

— Billie, on y va ?

— On y va... Daph, t'es correcte pour conduire ?

— Oui, *full* ! J'ai bu un Red Bull pis du Seven Up grenadine.

J'ai le moral pas là. Je me lève, Olivier me suit, Pierre traîne (il attache ses lacets), on quitte la terrasse, ça fait du bien à nos oreilles.

Dans la voiture, c'est plus calme. Je suis écrasée à l'arrière, Olivier fait jouer un disque de Karkwa. Ça dit :

Comme nos vies vacillent entre les tempêtes /Pense pas aux attentes, pas plus qu'aux malheurs /Fais sourire les filles, fais tourner les têtes /Tout ce qui te tente, mais n'oublie pas mon cœur /Oublie pas mon cœur /Avant qu'on s'écœure /Oublie pas mon cœur.

Je répète dans ma tête : « Écoute donc, Pierre. Écoute donc la toune, s'il te plaît. »

Mais il est trop concentré à pianoter sur son téléphone, il écrit peut-être à des filles qui ont déjà fait l'amour, elles. Ça serait triste et pas juste, je trouve.

Moi, je chante tout bas.

À mi-chemin, Pierre pose sa main sur mon genou. Il recommence à dessiner des nuages sur ma peau, ça me donne chaud et froid en même temps. Il se tanne des nuages, puis il fait glisser sa main à l'intérieur de ma cuisse, ça me donne plus chaud que froid maintenant, c'est très brûlant dans mon bas-ventre. Il fait un léger va-et-vient avec ses doigts sur ma peau. Ma respiration est plus bruyante, la musique l'enterre, mais Pierre peut l'entendre, il a approché sa bouche de mon cou. Je ne serai pas capable de retenir mes élans amoureux pour le beau blond bleu brillant. Je le laisse faire, je me laisse faire et on se laisse faire. On verra ce que ça donnera.

Il embrasse ma clavicule discrètement comme un secret soufflé. Je tourne mon visage vers le sien et cette fois-ci, c'est moi qui colle mes lèvres sur les siennes. J'appuie fort. Et ça lui donne le goût. Il fait la même chose, on s'excite tous les deux dans le dos de nos amis déjà amoureux, eux, les chanceux.

Nos baisers sont longs et mouillés, on ne fait pas de pause, je ne regarde même plus dans ses yeux pour voir s'il y a quelque chose dedans, je m'en fous pour le moment, je profite de notre proximité, simplement.

Et c'est bon pour mon corps. J'ai envie de faire l'amour. Avec le blond, avec les yeux bleus, avec le cycliste pas de cœur. Même si je dois me retenir et faire un effort pour ne pas l'aimer comme une Billie-folle-de-lui.

Je veux faire l'amour avec Pierre même s'il ne m'aimera jamais. Je veux faire l'amour avec lui de tout mon corps de vieille adolescente, de tout mon corps d'innocente, puis cacher notre moment à nous deux dans mon carré de sable secret. Quand je raconterai ma première histoire d'amour, dans un récit de vie poli, je sauterai ce chapitre-là. Mes élans d'amour trop grands pour Pierre, je les garderai juste pour moi.

On n'en finit plus de s'embrasser, de mélanger nos bouches, de cogner nos dents, de se lécher les lèvres. Il va même jusqu'à passer sa langue sur mon oreille gauche et le long de ma mâchoire. Je ne sais pas si j'aime ça, je trouve ça trop, j'ai la face mouillée au complet.

Il n'y a plus de temps qui passe, il n'y a plus un son, je nous entends, c'est suffisant. Je nous écoute respirer plus fort qu'à l'ordinaire. C'est bon.

Daphné fait taire Karkwa, le disque a joué en boucle apparemment. On est arrivés, je m'étire pour voir l'heure, mon couvre-feu est passé depuis longtemps. Ça m'angoisse parce que je dois revenir dans la vraie de vraie vie, regarder Pierre et ses yeux fermés. Il se détache de moi, je resserre ma queue de cheval, il se racle la gorge et sort de la voiture, puis me tend la main. Je fais attention, je ne veux pas croiser son regard.

Je suis étourdie par une tempête d'envie dans tout mon grand corps.

Daphné et Olivier restent à l'intérieur de la voiture, Olivier baisse sa fenêtre, serre la main de Pierre et me fait signe d'approcher pour embrasser mes joues. Daphné se penche et m'envoie un bec soufflé :

— Bye, Billie-belle !

Elle cligne un œil et sourit.

— Bye, Daphné !

Ça tire dans mes joues. Je laisse mes lèvres aller, je souris, moi aussi. Elle redémarre la voiture et Olivier sort son bras par la fenêtre en faisant un signe de paix avec ses doigts.

Pierre est déjà près de la clôture à débarrer son vélo, je le rejoins. Il se tourne vers moi et s'assoit sur la clôture, les genoux écartés, les mains appuyées de chaque côté de ses cuisses, sa ceinture à la hauteur de mes hanches. Il me fait signe d'approcher. Je fais trois pas et je m'installe entre ses jambes, son affaire d'homme tout près de mon ventre. J'ai le corps qui se retient pour ne pas exploser.

Pierre se penche et m'embrasse avec ses lèvres imbibées de salive chaude.

Un baiser et il s'arrête.

— On peut pas faire l'amour ce soir, Billie, OK ?

Il me prend par surprise, j'ai un nœud dans la gorge.

— Hum, non. Non, j'sais.

— T'avais-tu le goût ?

Je me dégage d'entre ses cuisses, mais il resserre son étreinte.

— Je sais pas... peut-être.

Il enveloppe mon visage avec ses grandes mains d'homme.

— Mais Billie-Lou, je peux pas faire ça.

Il sait que je suis fragile, que je ne connais rien, c'est écrit en gros dans ma face d'ado. Il sait probablement que j'ai peur d'être toute nue, aussi. Je suis transparente.

— Pourquoi ?

— Ça peut pas être moi, ton premier.

Je soupire bruyamment.

— M'en fous, moi, m'en fous du premier, du deuxième, du dernier. M'en fous.

— OK. Faque tu dors chez nous et on fait l'amour ce soir ?

Et pour un morceau de seconde, une miette de seconde, je m'imagine me déshabiller devant Pierre, toute nue devant Pierre, le corps à l'air devant Pierre.

— Non. Non, laisse faire, là.

Je me dégage de ses jambes pour de bon, je lui souris poliment quand même, mes yeux brillent pour lui, ils sont dans l'huile comme les siens plus tôt. Pierre descend de la clôture.

— Bye, Billie-Lou, t'es belle en été. Ah, pis tes jambes me font capoter.

Je suis belle en été. Billie-Lou-belle-en-été.

Je marche vers ma Subaru, même si je ne peux pas conduire. Je dormirai dedans, côté passager, en boule, les genoux dans le cou. Il est une heure trente du matin, j'ai trois appels manqués de mon père, je lui écris que tout va bien, que je vais dormir chez une amie, pas besoin de dire laquelle, il ne retient jamais les noms de toute façon. Il répond tout de suite qu'il est fâché. Mais je sais qu'il était inquiet, surtout. Je me sens coupable, je déteste faire angoisser mon père, mais c'était pour nourrir mon cœur et ma vie de femme. J'avais pas le choix.

C'est une belle nuit.

6

PIERRE CŒUR DE BURGER

Je me suis réveillée tranquillement avec le soleil, le tweed du siège passager étampé sur la joue. J'étais assez bien. J'ai conduit mon quinze minutes dans la campagne, je saluais les vaches, je criais : « Allô, les madames ! » J'étais de bonne humeur.

Au cégep, quand j'ai vu Pierre de loin, à l'autre extrémité du long couloir principal, j'ai senti un énorme choc électrique dans tout mon corps. J'avais chaud, ma bouche était sèche, mes mains étaient mouillées, trempées, inondées. Il a disparu tranquillement en tournant le coin et c'était tant mieux. Je n'aurais pas su quoi dire. J'ai fait demi-tour et j'ai séché mon cours d'arts plastiques. Ça ne me disait vraiment pas de faire de la gouache et de me salir le dessous des ongles.

À la maison, mon père est de retour du travail, ça sent les pâtes au pesto et le vin rouge. Mon papa d'amour me fait un air bête, je déteste le faire fâcher pour mes caprices d'adolescente. Mais hier, c'était nécessaire.

Il cuisine mon plat préféré, c'est bon signe, tout de même.

— Allô, Billie, passé une belle journée ?

— Oui, oui papa, oui.

— Tu as dormi chez Rosine ?

Habituellement, il ne se rappelle jamais du nom de mes amies.

Ça, c'est mauvais signe.

— Non, Rosine est déjà à Montréal. J'étais chez ma nouvelle amie Daphné, elle habite près du parc aquatique.

— Vous avez bu un verre à la brasserie, vous avez fait tout plein de devoirs ensuite et tu as oublié de m'avertir tellement tu t'acharnais à acquérir de nouvelles connaissances, c'est ça ?

À son sarcasme, je sais qu'il se doute que j'ai siroté de la bière jusque très tard.

— Exactement, papa. J'ai tellement assimilé de savoir hier que j'ai pas vu le temps passer.

Je trempe mon doigt dans la sauce, ça goûte bon le basilic frais.

— Billie, c'est pas prêt !

Il me sourit avec ses yeux en buvant une gorgée de vin. J'ai hâte d'aimer le vin, c'est élégant à boire, je trouve.

— Y a une jeune fille énervée qui t'attend en haut, ma beauté.

Annette est dans ma chambre. J'entends du vieux Britney jouer fort. Je monte deux marches à la fois. Elle est assise en tailleur sur mon lit et porte déjà mes vêtements, ma belle jupe fleurie et mon t-shirt rose qui fait un beau décolleté.

— Belle jupe, Annette.

— Merci, Billie.

— Beau t-shirt aussi.

— Merci.

Je m'installe en face d'elle, je n'en peux plus de garder l'histoire d'hier soir pour moi toute seule. Je lui raconte tout. Plus j'en dis, plus sa bouche s'ouvre grand et plus ses yeux s'arrondissent. Quand je termine, elle lâche un bruyant sacre et se met à rire.

— C'est complètement débile, Billie ! Pierre, LE Pierre, t'a embrassée, TOI ! Sa bouche sur la tienne, c'est fou.

L'engourdissement recommence. Repasser la soirée dans ma tête m'angoisse et m'émerveille en même temps. Annette agrippe mon bras fermement, elle égratigne ma peau avec ses ongles lilas.

— Billie, mets-toi belle, on va manger à la brasserie.

— Y me semblait que tu voulais m'éviter tout contact avec les gars plus vieux...

— C'est pas la même chose, c'est un cycliste prodige !

— Tu te contredis pas mal, je trouve...

— Allez, oublie ce que je t'ai dit l'autre soir, on va manger à la brasserie.

— Pas question.

— J'te prête ma robe verte...

— Non...

— Allez, on fait comme si on avait vraiment envie de manger les burgers et la salade pas fraîche de la brasserie. Ça paraîtra pas qu'on y va juste pour le voir, promis.

Évidemment, j'ai envie de voir Pierre. Aujourd'hui. Ce soir. Maintenant. J'ai aussi envie de me mettre belle dans la robe verte d'Annette et de faire exploser des feux d'artifice dans le bas du ventre de Pierre.

— OK, on y va.

Annette se lève, elle sourit de toutes ses dents.

— Je vais chercher ma robe. Saute dans la douche.

Mon pauvre père mangera encore les pâtes du mardi soir tout seul.

Je laisse Annette conduire la voiture, je chante fort des chansons d'été tout le long du trajet, genre Jean Leloup, je ne me tanne pas. Annette, elle, chante tout bas parce qu'elle doit se concentrer sur la route, elle n'est pas une très bonne conductrice. Alors qu'on entre dans le stationnement, la soirée d'hier défile dans ma tête, autant les malaises que les beaux moments. Ça me donne des frissons. Je n'ai pas faim, mais je vais devoir manger un gros burger, des frites belges et de la salade pas fraîche. Annette se stationne péniblement dans un coin et éteint le moteur, mon cœur bat fort, il veut se sauver de ma poitrine. Annette me tend un Lipsyl au Seven Up et j'en applique sur mes lèvres sèches (les coups de soleil, ça assèche une bouche de sauveteur bien vite).

Le restaurant est plein, il ne reste que deux petites tables. Je choisis celle du fond près des toilettes parce que de cet endroit, on a une belle vue d'ensemble sur toute la salle. Annette me répète que l'odeur nous coupera l'appétit, mais j'insiste. Je la tire par la manche.

— *Come on*, Annette, j'suis pas venue ici pour t'entendre chialer.

Maintenant, j'ai le goût de faire un petit plongeon dans les yeux de Pierre.

Ça sent un peu les toilettes finalement, oui, mais je m'en fous.

Je n'ouvre même pas le menu et je ferme sèchement celui de ma sœur, je croise les doigts pour que Pierre vienne prendre notre commande. Il essuie des tables sur la terrasse, je le vois à travers la porte vitrée, je ne sais pas ce que je vais lui dire. Il porte un t-shirt bien blanc, bien propre, pas de tache de ketchup ni de graisse de patates frites, un blanc neuf, fraîchement lavé. Son jeans est serré, mais pas trop, foncé, mais pas trop, et ses Converse sont rouges aujourd'hui, il a sûrement une paire de chaque couleur de l'arc-en-ciel. Ses cheveux blonds sont ébouriffés juste assez, pas peignés, mais peignés en même temps. Je me souviens de ce qu'il goûte.

Je lui croquerais bien les épaules, si je pouvais.

Le gros Patrick s'approche de notre table en suçant le bout de son stylo. Il me sourit avec ses broches.

— Qu'est-ce que j'te sers, ma belle ?

— Un géant mozzarella pas de sauce Ranch, pas de *pickles*, extra tomates, extra piments forts avec des frites pis ben du ketchup à côté s'il te plaît, Patrick.

Pas de sauce parce que j'aurais peur que ça me salisse les coins de la bouche. Beaucoup de ketchup même si, oui, ça risque de me salir les coins de la bouche, mais des frites ne se mangent jamais sans ketchup.

Il répète ma commande deux fois pour être bien certain d'avoir tout noté. C'est long, il a une voix de gros serveur avec des broches. Rien à voir avec une voix de beau serveur blond cire-d'abeille-bague-de-fiançailles-en-or-vingt-quatre-carats. Rien à voir avec une face de serveur aux yeux bleu saphir-bleuet-bien-mûr. Rien à voir avec Pierre, finalement.

Annette commande une salade.

— Une salade rien pantoute dedans juste un peu de vinaigrette César pis des croûtons.

Je recroise les doigts pour que Pierre me regarde, qu'il pose ses assiettes et ses verres de bière juste pour deux minuscules secondes, tendresse ou pas dans ses yeux.

Regarde-moi, Pierre, que je te montre comme je suis belle. J'ai enfilé une robe verte pas courte pas longue, je sais que tu aimes voir mes jambes. Je sais qu'elles te donnent des frissons dans tout le corps, mes jambes de femme qui supportent une tête et un corps d'enfant, comme tu te dis sûrement dans ta tête d'homme.

T'es vraiment un homme dans mes yeux à moi, un homme presque géant avec tout plein d'histoires plus grandes que nature dans la tête.

Pierre, tu es beau en serveur. En cycliste prodige aussi, y paraît, mais tout autant en serveur de burgers.

Pierre, Pierre, Pierre, Pierre, Pierre.

Il sert d'autres jolies filles sur la terrasse, elles le dévorent des yeux, elles regardent au fond de ses billes bleues, elles tombent dans la lune quand il récite le menu du jour : le hamburger double boulette avec la soupe aux pois, le Coke c'est un dollar extra.

Il fait aussi de larges sourires (peu sincères, je crois) à des clients affamés qui n'ont rien à faire de ses lèvres comme des hameçons et de ses cuisses fortes. Pierre sert aussi des gens qui ne voient pas le beau dans ses yeux, qui ne sentent pas ce qu'il dégage, qui n'apprécient pas son odeur (un mélange de cassonade et de feu de foyer même en été), qui ne portent aucune attention à sa silhouette, à son corps d'homme-trésor, à son corps de géant.

Annette joue bruyamment avec ses ustensiles. Elle est aussi nerveuse que moi.

— Essaie de pas bégayer quand tu vas lui parler, Billie.

— J'vais essayer. J'ai tellement de papillons dans le ventre, ça me fait mal.

— Respire. Oublie pas qu'il faut avoir l'air d'être venues à la brasserie pour manger et non pour espionner un garçon.

Patrick dépose déjà nos assiettes sur la table. Pierre est encore sur la terrasse, il astique un verre en jasant avec une brune aux gros seins pas comme les miens. Il dépose le verre sur la table, puis quitte la belle fille pour une autre table plus loin. Je picosse mes frites, je les noie dans le ketchup. Pierre s'essuie les mains avec la guenille qui pend de sa poche arrière, il est délicieusement attirant. Je ne me comprends pas. Je suis peut-être folle ou fêlée ou malade ?

Malade de quoi ? Je sais pas. Mais malade de quelque chose, en tout cas.

Pas malade d'amour parce que c'est con à dire, c'est du n'importe quoi, c'est dans les contes qu'on tombe malade d'amour, pas dans une brasserie en bouffant des burgers.

Annette mange sa salade en silence devant moi, elle n'aime ni les frites ni les hamburgers, ça fait gonfler et elle pleure quand elle gonfle. Elle comprend mon silence. Elle accepte d'être une sœur accessoire, une sœur décoration juste le temps du repas pour me permettre d'observer Pierre en cachette.

Pierre quitte la terrasse et entre dans le restaurant, il essuie encore une fois ses mains avec sa guenille. Il ne se doute pas que mon repas ne goûte rien, que je ne l'apprécie même pas. Je suis là seulement pour le voir s'essuyer les mains, faire des sourires et prendre des commandes. Je fais comme si. Comme ça. Comme si j'avais faim de patates et de mozzarella.

Ma sœur bibelot grignote sa salade en souriant pendant que j'espionne, la bouche pleine. Annette comprend mon excitation et ça me rassure. Mes copines, Rosine par exemple, auraient dit que le nez de Pierre est trop large, qu'il est trop secret, trop blond, trop beau. Elles auraient ajouté qu'il ressemble aux pas fins dans les films d'ados, que son dos est trop musclé et que son regard est trop intense pour être supporté par une fille qui n'a rien vécu comme moi. Rosine n'a rien vécu non plus, elle est aussi naïve que moi. Un jour, elle aussi, elle rencontrera un Pierre qui lui donnera chaud et froid en même temps, qui lui donnera envie de faire l'amour. Elle ne s'en sauvera pas. Faudrait que je l'avertisse, parce que ça vire la vie à l'envers quand ça arrive.

Pierre est derrière le bar et fait couler de la bière dans de gros verres, ses collets de mousse sont parfaits, pas trop épais, il ne me voit pas. Pas encore.

Je mange, j'ai le ventre bien gonflé. Annette, elle, est légère comme une feuille de salade. Au moins, j'ai la bouche propre, pas de sauce qui déborde.

Mais j'aurais dû manger de la foutue salade.

Annette s'essuie délicatement les lèvres et se lève.

— J'vais aux toilettes, profites-en pour attirer son attention. Reste gracieuse.

— Ouin, prends ton temps. C'est sûr que je reste gracieuse, j'ai ta robe verte sur le dos.

Je dessine un cœur avec le ketchup qui reste dans mon assiette. Je m'amuse à le briser en deux avec mon majeur, ça fait moins mal qu'en vrai. J'ai les yeux dans mes restes quand Pierre dépose sa guenille sur la table voisine et tire la chaise de ma sœur pour y prendre place. Je suis prête, je pense. J'essuie ma bouche avec mon pouce et mon index au cas où.

Il me dit, doucement :

— Penses-tu qu'un cœur en ketchup qui se brise, ça fait moins mal qu'un vrai de vrai cœur qui se brise ?

Il sourit d'un seul côté de la bouche, il a une si belle voix de serveur.

— Allô, Pierre. Sûrement que c'est moins pire, ouin...

Moi, je souris des deux côtés de la bouche, avec beaucoup de bonheur.

— T'as de belles jambes. J'aime ça quand tu mets des robes, pis le vert c'est beau sur toi.

J'ai la patate (celle de ma cage thoracique) qui se démène, qui bat comme une cinglée. Mon cœur, c'est une frite belge dans la friteuse.

— Merci, Pierre.

Mes mots se cachent, je n'ai rien à dire. Je suis un peu conne tout d'un coup.

Du bout du pouce, il touche doucement mon genou dans un minuscule geste de va-et-vient. Trois va-et-vient, puis il se lève en me débarrassant de mon assiette et du cœur en sauce tomate.

— Dis bonjour à ta sœur.

Il s'éloigne et je regarde ses fesses. Elles sont belles. C'est encore nouveau pour moi de m'attarder à des fesses de garçon, je ne suis toujours pas habituée.

Puis, en parfait synchronisme avec le départ de Pierre, Annette sort des toilettes et me dit tout bas en s'assoyant devant moi :

— Arrête de regarder ses fesses.

Je l'ignore même si elle lit dans mes pensées comme une championne. Je veux seulement espionner Pierre en paix, alors je prends une photo de lui avec mes yeux pour la regarder plus tard. Je pourrais aussi revenir demain et manger une salade. Je dessinerais un cœur en un morceau avec le reste de ma vinaigrette.

— Il est venu s'asseoir ?

— Oui...

Je regarde dans le vide et j'entends Pierre dicter une commande dans la cuisine.

— Billie ? Allô, je te parle.

— Oui, il te fait dire bonjour.

Annette plante sa fourchette dans une feuille de salade et prend une énorme bouchée. Elle se salit les lèvres avec de la vinaigrette. Elle voit bien que j'ai envie de garder ce moment pour moi. C'est un petit moment de rien du tout qui gonfle mes sentiments. J'ai de belles jambes, y paraît. Ouais, Pierre pense que mes jambes sont belles.

Il disparaît dans la cuisine, j'en profite pour payer mon burger et la salade d'Annette. Je veux me souvenir de ce moment tel qu'il est, je me sauve donc de Pierre pour nous préserver intacts dans mes souvenirs. J'oublie les avertissements de Daphné par exprès, je les range dans un tiroir de ma tête et je le ferme à double tour.

Je suis pleine de bouffe et d'espoir. Je suis amoureuse, maudit. D'un garçon qui s'appelle Pierre, en plus. D'un garçon arc-en-ciel, d'un homme qui m'inspirerait des chansons si je savais en écrire.

Je conduis au retour. Annette placote avec Simon au téléphone, ils vont revenir ensemble, c'est inévitable, ma sœur a de la difficulté à rester seule. Simon sera content en tout cas. Moi je rêve à Pierre qui me réveille avec des becs le lendemain de nos gestes amoureux, dans son lit de gars qui sent sûrement le pneu de vélo et le déodorant pour grands sportifs.

7

PIERRE CŒUR DE PIERRE

Je reluis, j'ai chaud, c'est la tempête tropicale dans mon corps aussi. Je pense à Pierre. Je pense à Pierre dans sa brasserie.

Michel le prof d'éduc m'a fait courir au moins cinq kilomètres parce que je jacasse trop pendant les cours. Je lui ai précisé que j'avais le cœur fragile à cause d'un garçon, mais j'ai couru quand même. En pensant au beau blond en or, ça passait plus vite.

Mon cœur n'a pas lâché, mais presque. Mes mollets, eux, m'ont surprise. J'ai quitté le gymnase avec un air bête et Michel souriait. Il était fier de son coup. Tout juste avant de passer la porte, je lui ai crié qu'il n'était qu'un *has been* du sport et je me suis sentie mieux.

Au fond, je l'aime bien, Michel, c'est un patient et un ami de mon père depuis ma naissance. Je le fais rire et ça met de la lumière dans sa journée ; le gymnase n'a pas de fenêtre, on étouffe presque. Mon sarcasme rend Michel, le professeur pas mal vieux mais encore musclé, plus léger. Tant mieux.

Les jeudis matin, j'ai donc un cours d'éducation physique, mais ce n'est plus ce que c'était. Le ballon chasseur me manque. Avant, c'était simple, on courait après quelque chose, au moins. Au cégep, on doit se chronométrer, courir, puis compter les bonds que fait notre cœur. Ça m'énerve, c'est du sport calculé, du faux sport d'étudiants blasés.

Les kilomètres de course m'ont tuée. Je suis rouge et blanche en même temps, collante aussi surtout. Je suis une Billie-pas-belle aujourd'hui. La course, ça gâche un look, ça gâche les beaux cheveux et la belle peau, ça rend huileuse, ordinaire et beaucoup moins jolie. Ce n'est donc pas la bonne journée pour faire ma fraîche dans la rue Principale.

En sortant du cégep, je croise une vitrine, je croise mon visage et mon corps. Un cerne de transpiration descend le long de mon dos, mon mascara s'étend sur mes joues rouge jello aux fraises et mes shorts collent à mes fesses. Le jeune automne va arranger tout ça. Il fait frais pour la première fois depuis le début des classes, c'est bon pour le corps et le teint. L'été est parti pour de bon en deux jours, il était pressé d'aller faire je sais pas quoi, c'est pas juste.

Mon sac de sport est lourd, je n'ai plus de force, je le tire par sa longue ganse. Il traîne sur le trottoir et je m'en fous.

J'ai l'air d'un cauchemar.

Ma voiture est stationnée à trois coins de rue. C'est long marcher quand il fait chaud et froid en même temps, ça me rend confuse. On dirait que je suis saoule à cause de la température qui m'embrouille depuis quelques jours ; je marche un peu en zigzag, mes jambes sont molles et mes cheveux se mêlent comme d'habitude. Au loin, il y a des courageux en shorts de lycra qui se promènent à vélo, on dirait une équipe, ils sont huit.

Huit uniformes orange et blanc bien moulants qui roulent à la queue leu leu.

Huit uniformes orange et blanc bien moulants comme celui de Pierre.

Ostifie. De mautadine. De cyclistes. En automne. Les jeudis matin.

Ils passent en coup de vent, les huit, ça brasse mes cheveux tellement ils vont vite. Je ferme mes yeux fort comme pour disparaître. « Salut madame la Vie, pourrais-tu faire en sorte que Pierre ait manqué l'entraînement ce matin, qu'il ne soit pas là en uniforme de lycra à pédaler, pédaler, pédaler ? »

Mais je ne disparais pas, je suis bien là, visible comme n'importe quoi et la vie, la maudite vie fait encore à sa tête. J'entends Pierre, mais je ne le vois pas, ils sont tous pareils. Il me crie :

— Allô, Billie !

Mais ça se perd dans le peloton. Il n'a sûrement pas eu le temps de voir que j'ai l'air d'un cauchemar.

Je respire. (J'avais arrêté.)

J'accélère, ma voiture est encore loin, je me sentais trop paresseuse ce matin pour marcher. Je veux me cacher dedans et redevenir belle un peu. Je ne me retourne pas, Pierre est sûrement loin derrière déjà. Tant mieux. J'ai envie d'écouter du Jacques Brel. Je sors mon iPod et j'écoute du Jacques Brel. Je t'aime, Jacques. Sauve-moi, Jacques.

Dès la première chanson, on vient me déranger.

C'est Pierre.

En vélo.

Avec ses amis.

En vélo.

Jacques, tu portes malheur aujourd'hui.

Je retire les écouteurs de mes oreilles. Je me chicane avec la vie pendant trois ou quatre secondes.

Pierre dépose un pied par terre et s'arrête, le hasard le fait sourire. Moi, il me fâche.

— *Hey*, Billie.

Il est essoufflé. Peut-être qu'il s'essouffle un peu comme ça quand il fait l'amour, je sais pas.

— Ah, Pierre. Salut.

Il est élégant même en sueur, même essoufflé, tout le contraire de moi. Pas juste.

Je détache mes cheveux et les laisse tomber sur mes épaules, le peu de volume qu'il leur reste va peut-être m'embellir. Son uniforme moule ses cuisses et son t-shirt laisse entrevoir un torse bien lisse. Je ne sais pas si j'aime l'éclat de sa peau et son absence de pilosité, je ne sais pas si sa perfection fait de lui quelqu'un dont je devrais me méfier, je ne sais pas si j'ai les yeux assez grands pour le voir tel qu'il est. Sous son casque, ses cheveux en or tombent à plat sur son front mouillé, mais ils scintillent quand même.

Pierre est beau. Pierre est blond. Belles cuisses, beau dos, beaux abdos. Je le vois à travers son uniforme. Mon cœur bat plus fort, je le sens jusque dans ma gorge. Mon cœur a honte de moi, je crois. Je vois tout embrouillé, Pierre est flou, ses amis cyclistes derrière lui sont flous, je ne distingue même pas leur visage, seulement leurs cuisses qui sont aussi musclées que celles de Pierre.

Appuyé sur le banc de son vélo, il me présente à toute son équipe. Je ne retiens ni leur nom ni le timbre de leur voix, je suis concentrée à regarder les lèvres de Pierre bouger. Mes longs bras pendent, ne savent pas quoi faire le long de mon corps. J'angoisse sur le malaise qu'il y a entre nous.

Je ne suis pas bien dans ma peau, je suis laide aujourd'hui. Ou peut-être que je suis laide seulement parce que Pierre me regarde. Peut-être qu'à travers ses yeux, je suis moins belle qu'en vrai, moins belle qu'à travers les yeux des autres.

Ce serait terrible que ma beauté soit atténuée par celle de Pierre. J'aimerais m'y voir, à travers ses yeux. J'aimerais voir à quoi je ressemble. Il n'aime peut-être pas le roux de mes cheveux ou la forêt dans mes iris. Il a peut-être peur de ma bouche toujours en sourire ou de la Grande Ourse en grains de beauté sur ma joue droite. Il est peut-être dégoûté par la forme de mes oreilles ou par l'angle que prend mon nez quand j'ai un fou rire. Je voudrais ne pas être ordinaire, je veux être une femme au lieu d'une fille pour lui, être précieuse comme un diamant ou intrigante comme une chasse au trésor (ou les deux).

J'en demande peut-être trop, je sais pas.

Pierre dit :

— C'est drôle de te voir comme ça, par hasard. C'est un beau hasard. On voulait faire une pause de toute façon, Julien traîne de la patte !

Le dénommé Julien lui lance un « Ta gueule » amical et le groupe se met à rire.

Pierre me fait un clin d'œil et sourit d'un côté de la bouche.

Le brun aux yeux bruns derrière lui, bien musclé, bien entraîné, bien lisse lui aussi, me lance :

— T'es pas la sœur de l'autre, toi ? Heu... d'Annette ?

Maudit.

J'étire ma bouche en un sourire presque dégoûté :

— Ben oui. La sœur de l'autre.

Le châtain aux yeux brun-jaune (je vois mal de loin) à la droite de Pierre ajoute un commentaire que je ne prends pas la peine d'écouter, et ils éclatent tous de rire. Pendant qu'ils rigolent, on se regarde, Pierre et moi, et c'est tendre. C'est notre regard le plus doux depuis notre rencontre. C'est aussi doux qu'une tarte à l'érable, qu'une tomate de jardin, qu'un gâteau à la vanille en forme de château avec beaucoup de glaçage. Les cyclistes discutent, ils jasent ensemble assis sur leur vélo, les bras appuyés sur le guidon, et Pierre en profite pour se pencher vers moi. Il embrasse mes joues.

— C'est rare qu'on se croise.

On s'est vus avant-hier et avant avant-hier, mais je me tais.

Il a les lèvres mouillées et j'ai les joues mouillées. Mais c'est beau, c'est tiède sur ma peau. C'est aussi bon qu'un baiser sur la bouche, avec la langue et tout comme l'autre soir. C'est certainement meilleur que de faire l'amour, mais je ne me prononce pas trop là-dessus, je ne veux pas y penser. Un jour, on m'a dit que le sexe, c'était meilleur que le chocolat, que les bonbons sûrs, que les montagnes russes, que les fous rires, mais je n'y crois pas encore, j'ai trop de difficulté à imaginer comment mon corps réagirait.

C'est fou, la sexualité. Je m'en veux d'en être loin encore, de ne rien faire de plus pour y goûter. Il faudrait que je me garroche dedans. Je vais me garrocher dans l'amour et dans ce qui vient avec.

J'essuie mes joues du revers de la main en riant doucement.

— J'suis contente de te voir, Pierre.

C'est sorti tout seul. D'un coup, trop vite, en un souffle. Mon cœur l'a lancé en dehors de ma bouche et ma tête n'a même pas eu le temps de l'attraper au vol. Pierre enfourche son vélo, il ne dit rien. Il donne un léger coup de pédale et s'approche de moi, son nez vis-à-vis du mien. Il perce mes yeux avec les siens et je détourne le regard, je regarde par terre, ses pédales, ses souliers, ses mollets, ses genoux, ses cuisses, son entrejambe (plus rapidement que le reste), ses hanches, et par terre de nouveau.

— Qu'est-ce que tu regardes, Billie ?

J'avale de travers.

— Rien. J'regarde rien. J'suis mal quand tu me dévisages de même.

Il souffle doucement sur mon visage et ça fait bouger les cheveux sur mon front.

— Bye, Billie-Lou. On se voit bientôt.

Je ne me tanne pas de l'entendre prononcer mon nouveau surnom. C'est le premier à y avoir pensé en plus. Ça me rend spéciale, genre.

— Bye, Pierre.

Ma gorge se serre, elle est sèche. Il pédale et me dépasse, il s'en va, il est parti. Les autres derrière lui.

Mais je sens encore qu'il me regarde ou qu'il pense à moi. Oui, il pense encore à moi et je sens qu'il me voit dans sa tête.

Je le vois dans ma tête aussi.

Je n'ai plus chaud du tout, j'ai le corps aussi sec que ma gorge. Je ne bouge plus, mes pieds sont collés au trottoir, je respire fort, je laisse le vent d'automne naissant me caresser le visage.

J'ai envie de Pierre. J'ai envie de lui même si je ne sais pas vraiment comment on doit avoir envie de quelqu'un.

Je mets un pied devant l'autre jusqu'à ma voiture. Mes mains tremblent, je me trouve conne de trembler pour des yeux bleus, des baisers mouillés et des cheveux blonds. Je tremble des jambes, des poignets, de partout. J'égratigne la peinture qui entoure la serrure tellement je ne contrôle pas mes gestes, puis une fois à l'intérieur, je serre fort le volant pour me calmer. Je démarre la voiture, je conduis sans penser, j'ai les yeux dans l'huile encore, je regarde partout et nulle part. Le trajet jusque chez moi est plus long qu'à l'habitude, on dirait que je suis à moitié là ou que mon cœur ne bat qu'une fois sur deux.

En tournant dans l'allée, j'ai le sourire facile, j'ai le sourire qui reste même si je sens que j'ai assez souri. Je pense encore à Pierre. À son corps, mais davantage à ce que je ne sais pas de lui. Je voudrais tout savoir. Le nom de sa mère, la couleur de sa chemise préférée, la chanson qui le fait pleurer, les mots qu'il trouve beaux. Je voudrais connaître ses cousines, son ami d'enfance, sa marraine, son professeur de première année. Des choses comme ça, simples comme ça.

Je voudrais savoir aussi à quoi il ressemble tout nu en dessous des couvertes la lumière allumée. Je me demande à quoi on ressemblerait ensemble, tout nus, peau à peau, dans ses draps qui sentent le pneu et tout le reste.

Je sors de la voiture et je suis étourdie, je me suis levée trop vite, j'étais loin, loin au fond de ma tête. Ma maison toute blanche brille, c'est la plus belle du quartier.

Mon père est assis sur la véranda, il écrit dans son journal. Il tient un journal intime depuis la crise de la quarantaine de ma mère, depuis qu'elle est partie attirer l'attention ailleurs et qu'elle est redevenue une adolescente dans les pays chauds. J'ai essayé de le lire l'autre soir, mais j'étais incapable de déchiffrer ses mots. Il écrit vraiment mal. Les pensées tourmentées de mon père déforment sa calligraphie.

Mais je suis certaine que ce qu'il raconte, c'est tout plein de tendresse. Il écrit sûrement que c'est sa faute à lui, mais c'est faux. Ma mère se sentait mal dans sa peau. Elle se voyait vieillir, elle nous voyait grandir, s'éloigner d'elle. Elle en voulait à mon père de travailler trop fort, aussi. Il a ralenti depuis, il passe du temps avec nous, il relaxe, il réfléchit, il s'ennuie. Ma mère, elle, a choisi de s'en aller je ne sais pas où pour faire autre chose que d'affronter la vraie vie de madame. D'après moi, elle doit être en train de faire du jogging sur une plage ou de tresser des cheveux. J'aime l'imaginer comme ça, c'est assez pour moi.

Je gravis les escaliers, mon père lève son crayon et remonte ses lunettes sur son nez.

Il sourit.

— Allô, papa. Qu'est-ce que t'écris ? Qu'est-ce qu'on mange ? Où est Annette ? Les cours étaient plates ! Es-tu triste ? Es-tu content ? Est-ce qu'on écoute un film ensemble ce soir ?

Je le fais rire. C'est beau, de voir rire son vieux père quand il a été tellement sérieux pendant si longtemps.

— Tu parles trop vite ! Ralentis, Billie. J'écris ma liste d'épicerie.

Il ment.

— Même pas vrai, t'écris sur maman, mais t'as le droit de mentir pour ces affaires-là.

Il ferme son cahier.

— On peut rien te cacher à toi, hein ?

— Pas vraiment, non.

— Tu as reçu une lettre de ta mère, justement. Je l'ai mise sur ta table de chevet, tu pourrais la lire, je crois qu'elle raconte de belles choses.

— Pas l'goût, papa. Pas l'goût de lire, tu le sais.

Il frotte sa barbe, découragé.

— Oui, je sais, mais elle s'ennuie, ta mère.

— Même pas vrai.

Il soupire et sort une page du journal local de sa poche, la même qu'Annette a découpée, il me la met sous le nez.

— C'est ta sœur qui m'a montré ça. C'est pas un p'tit gars du coin ? Paraît qu'il va aller très loin et qu'il pédale plus vite que n'importe qui.

— Ah, oui ? Connais pas.
— Il ressemble à Kevin Bacon, je trouve...
— C'est qui, Kevin Bacon ?
Mon père soupire encore, amusé :
— Laisse faire, c'est moi qui suis vieux.

J'embrasse son front et je serre sa main avec mes petits doigts, je me sauve avec l'article de journal. J'entre et ça sent bon la sauce à spaghetti maison, mon père l'appelle sa potion d'amour. C'est vrai que ça sent les sourires, les clins d'œil, la famille (brisée), la tomate, le laurier.

La potion d'amour sent jusque dans ma chambre. Je m'assois en tailleur sur mon lit de princesse et j'ouvre mon ordinateur portable. J'essaie d'ignorer l'enveloppe sur ma table de chevet et je croise les doigts pour avoir une surprise dans mes courriels. La vie, c'est un peu ça maintenant, des cybersurprises. Ma mère est en retard avec ses foutues lettres d'excuses écrites à la main. Elle me fâche, elle ne me fait même pas de peine. Je ressens juste de la colère. Je lui en veux à mourir de faire pleurer mon père. Il faut vraiment être la personne avec le plus petit cœur du monde pour vouloir faire ça.

J'ai un courriel de mon amie Juliette qui me dit qu'elle a rencontré un tailleur à Montréal qui lui cuisine des pâtes « débilement bonnes », qu'il est plus beau que n'importe qui, qu'il a de belles mains de menuisier et qu'il est romantique, presque trop. J'ai un autre courriel de Juliette avec une photo de l'Italien en pièce jointe. Il est moins beau que Pierre, en tout cas. Je m'ennuie un peu de mes amies, elles sont loin dans la grande ville. Rosine ne m'a pas donné de nouvelles depuis son départ. C'est peut-être parce que Montréal, c'est un gros tourbillon qui nous fait oublier notre vie d'avant, tranquillement.

Un bip me fait sursauter, une fenêtre de *chat* s'ouvre sur l'écran.

C'est Pierre. Ce n'est jamais Pierre. Mais là, c'est bien lui, cyber-Pierre.

Billie-Lou, allô !

Mes doigts sont paralysés. Ça ne sent plus la potion d'amour, ça sent l'angoisse. J'écris :

Allô, Pierre !

Le point d'exclamation est peut-être de trop... J'efface.

Allô, Pierre

C'est mieux, c'est plus neutre. Je clique sur « Envoyer ».

Les secondes passent, il ne répond pas, il se fait désirer. Je l'imagine devant son écran à regarder le temps passer, à attendre avant d'écrire quoi que ce soit. C'est un jeu pour lui, je suis certaine.

Soixante secondes.

Une minute et demie.

Billie-Lou, qu'est-ce que tu fous ?

J'ai des frissons quand il m'appelle comme ça. C'est mauvais pour le cœur d'apprécier les douceurs de Pierre.

Je fous rien, je m'en vais sous la douche.

Mes mots ne m'engagent à rien, c'est anodin comme réponse, ça n'a rien de compromettant, ce ne sont que des faits, mais j'angoisse quand même. Je clique sur « Envoyer ».

Il répond sans attendre :

Tu vas sentir les fleurs, ça va sentir bon jusque chez moi !

Mes mains sont moites, c'est le party dans ma cage thoracique. C'est con de s'énerver pour du clavardage, pour un garçon devant un écran. Et de capoter pour des points d'exclamation.

Mon shampoing est à la noix de coco...

Il ne répond pas. Je regarde l'heure trois fois. Il ne répond pas. Il attend. Il est con d'attendre. Ce serait simple qu'il réponde tout de suite, spontanément. J'attends une, deux, trois, quatre, cinq minutes. J'ai eu le temps de ranger deux morceaux de linge qui traînaient par terre et de regarder des photos de Taylor Swift sur Google (je trouve qu'elle s'habille bien).

Et enfin :

Viens chez moi...

Ma nuque devient brûlante. Je reçois une chaudière pleine d'émotions, mon corps réagit mal et il me fout du chaud partout. Ça m'arrive trop souvent ces temps-ci. Aujourd'hui, c'est sur la nuque. J'essuie mes mains sur mes cuisses, je n'ai pas le temps de réfléchir qu'il écrit de nouveau.

Viens chez moi, Billie !

J'en ai envie. Tellement envie. Pierre m'invite chez lui, dans sa maison, dans sa cuisine, dans son salon, dans sa chambre.

Dans sa chambre.

Dans son lit.

Dans ses draps.

Sur son oreiller. Dans ses bras de plus vieux que moi, de prince pas charmant, mais vraiment charmant en même temps.

Miam, j'ai le goût.

Il répète :

Viens chez moi, come on.

Je tape ma réponse une lettre à la fois, j'écris :

J'suis là dans une heure !

Il va croire que je suis confiante, mais en réalité, je n'assume rien du tout. Il répond tout de suite :

Appelle quand t'es près de la brasserie, je te dirai le chemin.

Je lui confirme par deux baisers en X, puis me déconnecte.

Si mon cœur avait des pieds, je pense qu'il sauterait par la fenêtre de ma chambre. Je veux tellement y aller et je ne veux pas en même temps.

C'est compliqué.

Faire l'amour ce soir ou ne pas faire l'amour ce soir.

C'est une trop grande décision pour me garrocher sans réfléchir.

Annette. Annette doit savoir. Je m'en fous presque de la mettre un peu mal à l'aise avec mes questions de petite sœur qui ne connaît rien, il faut qu'elle me dise quoi faire. Mes amies sont trop comme moi pour me guider, et Daphné est trop proche de Pierre pour m'aider.

Annette, c'est la seule qui me connaisse de la bonne façon.

Elle lit dans sa chambre jaune avec des tournesols partout. Annette n'en a jamais changé la déco, même si les fleurs sur ses murs nous donnent mal au cœur tout le temps. Elle écoute une vieille compilation que je lui avais préparée plus jeune, je l'entends jusqu'ici. J'avais gravé mes chansons préférées de Destiny's Child et de Christina Aguilera. Elle se tannera jamais. Elle dit que ça lui rappelle de beaux souvenirs.

J'entre dans sa chambre et je me jette à plat ventre sur son lit à côté d'elle.

— Billie, cogne avant de rentrer de même !

— Ben là ! Pas besoin !

— J'aurais pu être toute nue...

— Avec Christina Aguilera dans le tapis ? Ce serait juste *weird*.

— T'as raison.

On reste couchées sur le ventre quelques minutes, j'hésite encore à sauter à pieds joints dans le sujet. Pierre m'attend. Je ne veux pas trop le faire attendre et qu'il change d'idée, qu'il n'ait plus envie de me voir tant que ça. Je presse le bouton pause et la musique cesse :

— Annette, je dois te parler, mais j'suis gênée...

Elle me regarde et ferme son livre, c'est *Chercher le vent*, de Guillaume Vigneault, un de mes préférés.

— T'es amoureuse de Pierre, pis t'as envie de faire plus que le bécoter, c'tu ça ?

— Arke, non !

Je deviens toute rouge, je me lève et je commence à fouiller dans sa garde-robe pour trouver quelque chose d'adéquat, si jamais je choisis d'y aller.

— Billie...

— Quoi ?...

— C'est ça, hein ?

Une robe dans les mains, je me tourne vers elle.

— On se parlait sur le *chat*, il m'a invitée chez lui, j'ai dit oui, pis là j'suis pus sûre. Mes jambes sont poilues, je sais pas quoi mettre, je sais pas quoi dire, je sais pas si je devrais attacher mes cheveux ou les laisser lousses, je sais pas si je dois mettre des belles bobettes ou si ça fait *too much*, pis je sais pas comment on fait l'amour.

— T'aimerais ça que *mom* soit là, hein ? Moi aussi.

— Non, pas vraiment.

— *Anyway*, c'est moi la femme de la famille, maintenant. Viens t'asseoir et replace la robe sur un cintre, c'est pas ça que tu vas mettre ce soir si tu y vas.

Je range la robe ; c'est vrai que du rose, ce n'est pas approprié. Je m'installe en tailleur à côté d'elle. Je me sens niaiseuse. Annette se lève à son tour et commence à fouiller dans sa garde-robe. Elle me parle tout en jetant des morceaux de linge par terre.

— Tu vois-tu Pierre dans ta soupe chaque fois que tu en manges ?

— Heu, oui.

— Quand tu marches dans la rue, est-ce que tu te demandes toujours s'il trouverait ta vie cool ?

— Heu, oui...

— Est-ce que tu voudrais savoir si papa l'aimerait ?

— Oui.

— Chaque fois que tu t'habilles le matin, est-ce que tu te demandes s'il te trouverait belle dans les vêtements que tu portes ?

— Oui.

— Est-ce que t'essaies de dessiner des portraits de lui sur tes notes de cours même si t'es super pas bonne en dessin ?

— Oui.

— T'es *in love*.

— Ça je savais.

Annette sourit.

— Une bonne chose de coulée dans l'béton.

Je le sais que j'ai le cœur qui rougit juste pour lui, je le sais ça. Mais on dirait que les questions d'Annette me chamboulent. C'est concret, elle a mis les bons mots sur mes sentiments d'ado. J'aimerais ça que Pierre réponde au même questionnaire que moi, ça m'enlèverait quelques bourdons dans le bas du ventre. À moins que ses réponses ne soient une triste suite de gros non. Elle continue :

— Est-ce que t'es bien dans ta peau ?

— Je sais pas... pourquoi ?

— Est-ce que t'es tannée d'être à cheval sur deux sortes de vie ?

— Deux sortes de vie ?

— La vie de fille pis la vie de femme ?

— J'pense que oui.

— Où est-ce que tu voudrais être en ce moment, plus que nulle part ailleurs ?

Chez Pierre, dans son salon, dans son lit, dans ses bras, proche de sa face.

— Avec Pierre.

Annette soupire.

— Bon, ben qu'est-ce que t'attends ?...

— Que tu me trouves quelque chose à mettre pendant que je me rase les jambes.

— OK. *Go*.

Elle rassemble ce qu'elle a jeté par terre et place le tout sur le lit, moi je m'assois sur le bord de la baignoire dans la salle de bain qui communique avec sa chambre (nos amis appellent notre maison la « maison aux mille salles de bain »).

— Billie, si tu changes d'idée rendue là-bas, tu fais demi-tour, c'est pas plus grave. Demain matin, avant que je parte pour Montréal, je vais te préparer un brunch de reine, et tu me raconteras ta soirée avec plein ou pas de détails, comme tu veux.

— Je dois être revenue avant neuf heures demain matin de toute façon, papa travaille, il a besoin de l'auto pour des visites de patients à domicile.

— Parfait. Ah oui, et t'en fais pas, je vais lui dire que t'es partie chez une amie pour un *sleepover* de mi-session.

— On n'est pas à la mi-session.

— Papa va trouver que tu t'y prends d'avance pis il va être content.

— Bon plan, t'es brillante.

Elle me lance une jupe et un t-shirt par la porte de la salle de bain.

— Je sais. Je suis aussi un génie pour te trouver quoi mettre.

La jupe est parfaite avec ses petits motifs de lapins et le t-shirt gris pâle est ample. C'est beau, c'est été, mais je vais avoir trop froid.

— Je vais avoir ben trop froid avec ça!

Des collants noirs atterrissent à mes pieds.

— Beaucoup mieux.

Mes jambes sont maintenant douces et elles sentent la mousse à la vanille. J'enfile ce qu'Annette a choisi pour moi et je sors de la salle de bain.

— T'es belle, Billie. Tu ressembles pus à Anne de la maison aux pignons verts.

— Merci, Annette.

Elle me saute au cou et me serre fort, elle me dit dans l'oreille:

— T'es ben plus belle que moi.

— Même pas vrai.

— *Full* vrai, tes yeux voient vraiment rien.

Je la serre fort à mon tour et je lui souffle un autre merci dans les cheveux.

— Je t'appelle demain matin, Annette.

— Ou ce soir, tout dépendant...

— Demain matin. C'est ce soir, je le sais.

— T'es une belle grande femme... avec la tête dure!

Mon père nous appelle de la cuisine, il nous crie que le souper est prêt. On n'a pas le choix de descendre, on mange tellement peu souvent avec lui, les trois ensemble.

On quitte la chambre de ma sœur en riant, on court dans les escaliers, on s'assoit autour de la table dans la salle à manger. Nos assiettes fument, ça sent bon le spag maison. Je mange de grosses bouchées, j'ai peur de faire attendre Pierre. Mon père nous pose des questions sur l'école, on répond par oui ou par non, ça le décourage. Il me dit de ralentir, que je vais m'étouffer avec mes pâtes, mais je ne l'écoute pas vraiment. Il me demande aussi pourquoi je suis toute belle, tout arrangée, Annette répond pour moi, elle invente que j'ai une entrevue pour un poste d'hôtesse dans un resto.

— Billie, tu m'as jamais dit que tu voulais travailler pendant la session !

— C't'une idée comme ça, là... C'est sûr que je l'aurai pas, la job, j'ai pas d'expérience.

— Tu verras... L'important c'est que tu réussisses bien à l'école, oublie pas !

— Je sais, papa ! C'est juste pour avoir des sous d'extra...

J'avale ma dernière bouchée et je me lève.

— Je dois y aller, je vais être en retard ! Merci papa pour les bonnes pâtes ! Bye, Annette !

Je remonte dans ma chambre pour prendre mon baume à lèvres au crème soda, ma sacoche et mon cellulaire. Je cours dans le couloir, mes chevilles craquent.

Mais je m'arrête.

Qu'est-ce qu'il faut faire avec notre chose de femme quand on fait l'amour ? Est-ce qu'il faut la coiffer ? Je sais pas, peut-être, sûrement que oui.

Merde. Je ne la coiffe pas, moi. Je fais quoi avec ma chose de femme qui ne sait pas quoi faire, avec ma chose de femme qui ne connaît que moi, juste moi.

Je la laisse comme elle est. Pas le temps, pas le courage, pas l'assurance, pas la patience, pas assez certaine que c'est la chose à faire. Mes sous-vêtements sont assez beaux et assez roses et assez en dentelle pour compenser. Et mes jambes sont douces.

Et ça recommence, je roule à travers la campagne. Je ne sais pas où Pierre habite exactement. Je l'appellerai une fois rendue au village, près de la brasserie, comme il a dit. Je nous imagine tout nus encore, c'est beau, il est lisse, on a la peau douce égale, j'entends sa voix dans le noir, elle est rauque, basse. Et on se flatte le menton, les épaules, les bras, le ventre, le reste.

Je passe devant la brasserie, c'est encore ouvert, mais le jeudi, Pierre ne travaille pas. Je me range sur l'accotement et j'envoie un texto à Daphné, je lui demande le numéro de Pierre et elle me répond dans les secondes qui suivent. Tout de suite, j'appelle Pierre, dans un seul élan, sans hésiter, je suis bizarrement courageuse ce soir. C'est peut-être parce qu'on est jeudi, j'ai toujours aimé les jeudis, la folie est plus accessible cette journée-là, je trouve. Ça sonne trois coups et Pierre répond avec sa voix de serveur-cycliste, sa voix d'homme-bonbon.

— Oui, allô ?

— Allô !

— C'est qui ?

— C'est... ben, c'est Billie !

— Billie ? Allô, heu, allô Billie...

Il semble trop surpris. Le pire des silences s'installe entre nos voix.

— Ah, merde, Billie. J'm'excuse.

Je me sens épaisse, il y a quelque chose qui ne va pas, sa voix le trahit.

— Merde quoi ?

La mienne tremble.

— Maxime, mon coloc, il te parlait à ma place pendant que j'étais sous la douche, il est saoul. Dis-moi que t'es pas partie de chez toi pour vrai... Je viens de voir votre conversation...

Maudit. Je suis. La reine. Des connes.

Sans raccrocher, je baisse mon bras, mon téléphone repose sur mes cuisses. J'ai les yeux dans l'eau salée, ils sont prêts à déborder, les gouttes sont sur le point de rouler sur mes joues maquillées. Je colle mon téléphone sur mon oreille.

— Heu, ha, ha ! Ben non, j'suis en pyjama chez moi, je savais que c'était pas sérieux, voyons...

Je suis crédible. Je me retiens pour ne pas montrer mon mal en dedans.

— Billie, arrête, je sais que t'es en route, j'm'excuse. Viens-t'en quand même, viens-t'en ! Je vais te faire du popcorn. Oui, on va se faire du popcorn. J'ai plein de DVD, viens, c'est pas grave.

Je ne suis pas crédible, finalement. Je raccroche. Je compose le numéro de Daphné.

J'explose, je pleure comme si je venais de voir un film vraiment triste. Je pleure beaucoup, je pleure fort, je renifle fort, je respire difficilement, Daphné répond.

— Billie ?

Je ne parle pas, je pleure. Daphné comprend tout de suite.

— *Fuck*. C'est Pierre ?

Je lui raconte l'incident à travers tout plein de hoquets, j'ai honte.

— Je savais que ça arriverait, ma belle Billie. Viens chez moi, je vais te faire du thé.

Elle me donne les indications pour me rendre chez elle et je continue de chialer tout bas, de verser de grosses larmes lourdes, je suis conne. Dès que je raccroche, Pierre tente de me rappeler, j'ignore l'appel.

Trois fois. Puis il se tanne. Mon téléphone ne sonne plus.

Je brillais tout à l'heure, je me trouvais belle, je me sentais prête, j'étais pleine d'amour pour lui, pleine de confiance aussi. Je conduisais ma Subaru et je l'imaginais m'attendre, allumer une chandelle sur sa table de chevet peut-être, se changer pour être encore plus beau, s'ébouriffer les cheveux, choisir un bon CD. Je l'imaginais aussi nerveux et impatient de me voir.

Mais à la place de toutes ces belles choses-là, il a passé trop de temps sous sa douche chaude, il a laissé quelqu'un briser mon orgueil, mon envie et ma fougue. On vient de me couper la pointe du cœur. Je me sens laide et nouille et presque sale. J'ai honte comme je n'ai jamais eu honte. J'ai des fourmis partout dans le corps qui grouillent et c'est désagréable. J'ai de la difficulté à avaler ma salive, je tremble, j'ai froid dans mon t-shirt gris, dans ma jupe avec des lapins dessus, dans mes collants qui sont censés me garder au chaud.

Daphné habite près du parc aquatique, je me stationne dans sa cour derrière une vieille Mercedes noire. Je sonne et tout de suite, j'entends des pas. Elle m'ouvre accompagnée de Chien-Vache, son dalmatien, elle est en pyjama, ça sent le thé dans l'entrée. J'ai le visage enflé, les paupières surtout. J'ai cessé de pleurer tout juste avant d'arriver, mais je ne suis pas calme, pas du tout, mon intérieur est à l'envers. Elle ne dit rien et me serre dans ses bras. Je respire mieux. On monte à l'étage, elle me prête un pyjama et je me glisse dans ses draps. Elle redescend à la cuisine chercher nos tasses de thé, la bouilloire crie.

Mon téléphone sonne. C'est Pierre avec son cœur de roche super dur, super pas fin, super noir. Je le prends.

— Allô, Pierre, je réponds juste parce que je suis tannée que t'appelles, t'es con pis méchant pis bravo tu m'as fait pleurer je sais j'suis un gros bébé faque t'es content là j'ai répondu j'peux-tu raccrocher maintenant?

Ça essouffle une fille d'être triste et fâchée en même temps.

— Billie, raccroche pas, c'est pas ma faute. C'est Maxime, il est con. Viens quand même chez moi, on va dormir en cuillère, on va se conter des *jokes* pis on va rire, et demain matin, je vais te faire à déjeuner, genre des mueslis avec du yogourt ou des crêpes, comme tu veux. OK ?

Je ferme le téléphone parce que j'ai presque peur de dire : « OK, j'm'en viens. » Pierre, c'est pas juste un champion pour pédaler, c'est un champion avec les mots.

Daphné me tend une tasse super super chaude et ça fait mal parce que j'ai le cœur froid. Ça fait bizarre, les deux températures, encore. On boit du thé à la vanille et à la mangue, j'aime bien, ça brûle le dedans et ça me calme la tempête intérieure. Ma nouvelle amie me fait écouter des chansons que je ne connais pas ; une en espagnol qui dit que la vie c'est plate quand t'es tout seul, l'autre raconte que la vie c'est beau l'été et celle d'après, je ne comprends pas parce que le chanteur chante trop vite. On ne parle pas vraiment, je n'en ai pas envie, elle non plus, c'est correct comme ça.

Après les trois chansons, Daphné éteint la lumière et on essaie de s'endormir. Elle réussit, pas moi. Je pense à moi qui étais toute belle tantôt, qui étais prête à faire l'amour et à ne pas y penser. Je m'en veux d'avoir été aussi spontanée. Même si ce n'est pas la faute de Pierre, j'ai envie de le trouver méchant et d'arrêter de l'aimer. J'ai envie de penser que c'est à cause de lui que je pleure autant. Parce que comme ça, ça serait plus facile de l'haïr.

Pierre-pas-de-cœur je t'aime pas, t'es aussi con qu'avant.

Je regarde le soleil se lever. C'est long. J'ai encore le cœur mouillé, plein d'eau salée. Je me lève du lit sans faire de bruit, je me rhabille avec les vêtements d'hier et je plie le pyjama de Daphné. J'écris un mot gentil sur l'ardoise au-dessus de son bureau et je quitte sa grande maison. Je texte Annette, je lui raconte brièvement, y repenser me fait pleurer, je lui dis de laisser faire le brunch, que je n'aurai plus jamais faim.

8

PIERRE CŒUR DE CALAMINE

Ça fait sept longs jours que je n'ai pas vu Pierre. Sept longs jours depuis l'humiliation. Et sept longs jours à me trouver conne, à le trouver con, à continuer de l'aimer, à le trouver beau, à changer d'idée, à ne plus l'aimer finalement. Ça fait sept jours que mes yeux se mouillent quand je pense à cette soirée-là, que mon cœur se squeeze quand je repasse la scène dans ma tête d'adolescente. Mon karma est bon, je ne l'ai même pas croisé au cégep. Peut-être qu'il se cache, ou peut-être que je me sauve de lui sans le savoir.

« Salut, madame la Vie, je t'aime pas ces temps-ci, tu m'égratignes le dedans, tu me donnes mal à la tête, tu me fais de la peine, je t'haïs, OK ? »

Depuis ce soir-là, Annette et moi, on a passé beaucoup de temps au téléphone à élaborer des scénarios de vengeance, mais on n'a pas le courage ni l'une ni l'autre de les exécuter. On s'appelle tous les soirs et on placote pendant des heures.

On est tannantes et fâchées noir, mais on est des poules mouillées aussi.

Pendant sept jours, j'ai essayé d'oublier ce que Pierre goûtait quand il m'embrassait, le timbre de sa voix qui sonne comme une rivière ou comme le tonnerre l'été, la couleur de ses yeux. Mais chaque fois que je bois de la slush, ça me revient. J'ai aussi essayé d'oublier le brillant de ses cheveux, mais c'est difficile. Puis j'ai voulu oublier sa face de con, ses muscles de con, ses *jokes* de con, ses questions de con, ses Converse de con.

Mais maudit, ça ne fonctionne pas ! J'ai toujours, toujours sa foutue photo dans ma tête, sa foutue odeur sur la peau.

Alors, j'ai écrit un long poème sur lui, c'est presque une lettre, le titre c'est *Pierre* et je le trouve beau, ça me fait du bien de le lire quand c'est la panique dans ma cage thoracique et dans mon cœur rempli à ras bord de naïveté.

Ouais, hier, sur du papier qui sent le parfum, j'ai écrit :

Nos yeux comme des baleines se font l'amour sur la plage d'un Club Med.

Ils sont échoués là.

Nos yeux comme des bâtons de popsicle *avec de la tire d'érable au bout se font l'amour sous le soleil de notre ville à nous deux.*

Quand je regarde loin dans les tiens, je vois des planètes qui existent pas, des couleurs qui se mélangent, des lingots d'or qui nous appartiennent, des feux d'artifice de la forme de nos visages.

Quand tu regardes dans les miens tu vois rien.

Si j'avais le poignet très fort je voudrais te donner un coup de poing dans le milieu du cœur.

Je t'aime. Je t'haïs. Je t'aime. Je t'haïs.

Je sais pas.

Ça m'a pris six ou huit minutes, j'ai écrit dans un élan bizarre de tristesse et de soulagement. Au début, je faisais plein de fautes d'orthographe parce que je m'en foutais, je pleurais trop.

Mais là, je crois qu'il n'y en a plus. Je me suis relue plus calmement, et je l'aime, mon poème-lettre qui s'intitule *Pierre*.

Il fait frais aujourd'hui, ça m'a secouée, c'est vraiment l'automne même s'il reste encore quelques feuilles vert été dans les arbres. Je ne vais plus à mes cours de ballet, ça me fatigue trop d'enfiler mes collants roses et de danser sur du Chopin, ça m'épuise de sourire et de faire des steppettes les pieds pointés, les cheveux tirés, le ventre rentré. Plus le goût. Là-dessus, je suis pareille comme Annette et son jogging, dans le fond...

Plus question non plus de porter de belles robes, de me rougir les joues ou de lire des romans d'amour. J'ai juste envie de regarder des films tristes pour être encore plus triste. Mon père cuisine mes plats préférés et j'en prends trois bouchées ; il fait de la limonade et j'en prends deux gorgées.

Mais je bois beaucoup de slush bleue et je me gèle le cerveau en la buvant d'un trait, comme d'habitude. Le commis du dépanneur me fait des beaux yeux et ça me fait sourire, ça me rend belle un peu. Il est petit et brun et picoté sur le nez comme moi. Il a les yeux noirs, la peau blanche et un corps de garçon qui ne fait pas de vélo. Il s'appelle Mathieu comme beaucoup de gens et il ne sait même pas siffler. Je lui ai donné mon numéro de téléphone hier. Il était content, je pense. Je pourrais le frencher des fois, même s'il est ordinaire et vraiment pas comme Pierre.

Ce soir, Daphné veut qu'on sorte danser. Une chance qu'elle est là, parce que mes copines habituelles se font discrètes, elles ont trop de plaisir à Montréal pour redescendre les fins de semaine. Ça me rend triste des fois, surtout quand je tombe sur des photos de notre bande. C'est peut-être moi qui devrais conduire jusqu'à elles, leur faire une surprise, mais la route me fait peur. C'est ma faute, dans le fond.

Je n'ai pas trop le goût de faire la fête, mais Daphné insiste beaucoup, c'est une championne de la persévérance. Je me suis acheté une robe verte comme mes yeux parce qu'Annette est partie avec la sienne à Montréal. Je vais la porter ce soir, pour m'aider à être jolie de nouveau, un peu. Daphné m'a promis qu'on ne croiserait pas Pierre, j'ai le cœur en compote de pommes, j'ai le cœur fâché noir aussi. Peut-être que je n'en ai même plus, de cœur. Peut-être que ça se peut, le perdre et le retrouver plus tard, plus loin. Pour l'occasion, j'applique du mascara pour la première fois depuis sept jours, ça fait du bien à mon visage, c'est moins triste dans mes yeux. J'applique du Lipsyl au sundae, j'ai terminé tous les tubes à saveur de boissons gazeuses.

Mon téléphone vibre, Daphné m'attend dans l'allée. Je me rue dans les escaliers, j'embrasse mon père qui lave la vaisselle. Dehors, il fait frais, mais je n'ai même pas enfilé de collants, ça ne sert à rien, j'ai le corps froid tout le temps maintenant. Rien n'arrive à le réchauffer comme il faut.

— Rentre pas trop tard, Billie !

— J'dors chez Daphné, sûrement !

On va boire des choses fortes avec du jus d'ananas pour que ça goûte bon. On va boire avec des pailles à slush (je les collectionne), des grosses pailles fluorescentes pour prendre de plus grandes gorgées. Daphné klaxonne, elle danse derrière le volant de sa voiture, déjà. Je m'assois côté passager. L'une à côté de l'autre, on a l'air d'une canne de Noël, moi en vert, elle en rouge. On trouve ça drôle de ne pas être de saison. On va danser dans un bar à côté de la brasserie, je croise les doigts pour que Daphné ait raison, pour que Pierre reste chez lui ce soir ou qu'il travaille jusque très tard, trop tard pour aller danser après. Sur la route, on laisse les fenêtres baissées même si ça nous gèle les doigts et les joues, la musique est forte et on chante même si on ne connaît pas les paroles. On chante n'importe quoi en anglais comme le fait Annette, ça sonne comme ça : «*Ashing gna whatta love lala zwrang ang why oh why la la la I love you.*» À peu près.

— Promis que Pierre sera pas là, Daphné ?

— Je lui ai interdit de se montrer le bout du nez là-bas. Inquiète-toi pas, Billie-Lou.

— Appelle-moi pas comme ça, ça sonne comme Pierre, c'est laid.

Daphné baisse le volume, on est plus posées, on danse moins fort. Penser à Pierre, dire son nom à voix haute, ça crée un malaise, ça m'enlève l'envie de rire et de danser. On croise la brasserie, mon ventre se vire à l'envers, c'est la grosse tempête dans mon corps, les éclairs, le vent, la pluie et tout. Pour me faire rire, Daphné cache mes yeux avec sa main.

— Pas l'droit de regarder à droite !

Derrière sa main, je ferme les yeux, ça me calme l'ouragan en dedans un peu.

On stationne la voiture, ma belle amie hydrate ses lèvres avec du rose crème glacée aux fraises, j'accroche une barrette en forme de boucle en or dans mes cheveux mêlés. Daphné sort une bouteille en plastique de son sac à main et me la tend.

Je bois.

C'est dégueulasse. Ça goûte beaucoup les choses fortes, et l'ananas juste un peu. Les amies de Daphné viennent nous rejoindre dans la voiture, on monte le volume, on recommence à danser, on se partage la bouteille. On rit comme des enfants, on est de vraies ados, des vraies de vraies, et ça fait du bien. La voiture est pleine, on sirote à tour de rôle le cocktail maison et ça nous engourdit tranquillement. Daphné, elle, boit un jus de raisin avec rien d'autre dedans, elle est encore la conductrice désignée, je lui en suis reconnaissante, j'ai besoin de m'amuser fort et de prendre un ou quatre verres ce soir.

Pierre n'existe plus. On ne voit pas le temps passer, la nuit avance et on jase dans la voiture de Daphné, on jase d'affaires de filles, c'est cool, elles sont gentilles, elles me réconfortent et me font rire. Puis mon téléphone vibre.

C'est Pierre. C'est écrit :

Allô, Billie-Lou.

Le cœur me craque, la tête me tourne, la gorge me pique. Je ne réponds pas. Dix minutes passent, mon téléphone vibre.

Réponds, Billie. Tu me manques.

Je ne réponds pas même si au plus profond de moi, il y a un morceau de cœur qui voudrait bien lui répondre. Et le voir. Et le toucher aussi. Et le goûter. Il faut chasser Pierre de ma tête.

On se tanne de danser dans une voiture, alors on entre dans le bar, c'est bondé, les gens sont énervés, de bonne humeur, beaux aussi. Les gars sont beaux. Je regarde leurs fesses maintenant que la glace est brisée.

Mais rapidement, ça m'ennuie. Je ne sais pas pourquoi, mais tout le monde m'ennuie tout d'un coup. Je fouille dans mon sac à main, j'agrippe mon téléphone et je compose le numéro de Pierre. J'ai envie d'entendre sa belle voix, j'ai envie d'entendre sa belle rivière qui me donne l'impression d'être dans une montagne russe. Ça sonne une seule fois et il répond :

— Billie-Lou, y était temps.

— Allô, Pierre.

— T'es où tu fais quoi comment tu vas on fait-tu de quoi ?

Miam, sa voix, c'est comme de la barbe à papa dans mon téléphone.

— Je suis au Pub du Mont avec Daphné, on boit des choses fortes avec du jus d'ananas, c'est pas si bon, mais ça nous fait danser. T'en veux-tu une gorgée ?

— Viens chez moi à la place, j'ai envie de voir tes yeux verts pis tes belles jambes, ça te tente-tu ?

Un grand frisson traverse mon corps engourdi. J'ai envie, je pense, de faire l'amour pour de vrai de vrai avec Pierre. Ouais.

— Ouais. OK. M'en viens.

— Bye, Billie-Lou, à tantôt.

— Bye.

Et on raccroche. Et je m'énerve. Et c'est encore le party dans ma cage thoracique, comme si ma colère et ma tristesse n'avaient jamais existé ou presque. Je tire doucement sur la manche de Daphné, elle s'approche et je lui raconte notre conversation. Elle prend mon visage avec ses deux mains froides (parce qu'elle tenait bien serré entre ses doigts un verre de Seven Up grenadine glacé), et elle regarde dans mes grands yeux verts tout énervés en me disant de faire attention à mon corps et à mon cœur super fragile. Elle note le chemin pour me rendre chez Pierre sur un sous-verre en carton et le fourre dans ma poche.

J'embrasse sa joue gauche.

En quittant le bar, je vais chercher la bouteille en plastique dans la voiture de Daphné, j'ai envie de m'engourdir un peu plus, au cas où. J'ai une longue marche à faire. Pierre habite haut dans la montagne, l'alcool va me divertir.

J'ai la chair de poule parce qu'il fait froid, aussi parce que je pense à Pierre tout nu. Mon corps ne calcule plus sa température, il est sur *shuffle*. Chaud, froid, froid, chaud, froid, chaud, chaud.

J'ai hâte de voir Pierre sans ses vêtements. Il doit être bronzé de partout et doux, sa peau doit être chaude, épaisse et ferme. Je bois une gorgée à chaque coin de rue, je suis bien dehors, dans le vent, maintenant. Partout sur la montagne, les maisons se ressemblent toutes, elles sont colorées et antiques. Pierre loue une chambre dans la bleue, tout en haut à l'écart des autres. Je croise des maisons rouges, des maisons jaunes, des roses même, des lilas, des vertes, et puis enfin j'arrive devant chez lui. La maison n'a même pas l'air vraie, elle ressemble à une cabane dans un arbre, mais pas dans un arbre.

J'aurais dû boire quelque chose de moins fort, je marche en zigzag, je pense en zigzag, peut-être que mes mots vont sortir en zigzag aussi. Mais trop tard. Je suis toute toute toute engourdie.

Je sonne. Je n'attends pas. Je sonne encore du bout de l'index. J'entends des pas, ses pas à lui, à Pierre. Il ouvre la porte, sourit un peu.

— *Yo*, Billie-Lou, t'as fait ça vite.

— J'ai des grandes jambes.

Sans rien répondre, il marche jusqu'au fond du couloir et ne m'attend même pas, c'est sombre, froid, en désordre. Je l'entends marcher rapidement sur la pointe des pieds vers sa chambre, sûrement, le vieux plancher en bois craque bruyamment. J'enlève mes souliers or et je reste là, bien accrochée au tapis de l'entrée, un tapis qui pique le dessous de mes pieds, une entrée qui hésite à m'inviter.

J'ai les jambes, la tête, le corps, le cœur qui me retiennent.

J'ai le désir qui me chicane.

J'ai les lèvres qui brûlent.

J'ai le souffle qui manque.

J'ai les mains qui se mouillent, le front aussi, le dessous du nez encore plus. Je suis toute collante. Les belles filles ne sont jamais collantes avant de faire l'amour, je suis certaine.

Le tapis me retient encore. Maudit, que j'aimerais ne pas être collante, avoir la peau bien sèche. J'ai envie d'enfiler mes souliers à paillettes et de m'asseoir sur son perron, d'attendre qu'il se rende compte que je ne l'ai pas suivi dans sa chambre et qu'il s'adoucisse, qu'il comprenne que finalement, je change d'idée, que j'aime mieux qu'on placote et qu'on se fasse piquer par les moustiques. C'est l'automne et les moustiques ne veulent pas partir, faut bien qu'ils servent à quelque chose. On se réveillerait demain matin couchés en boule sur le ciment de son perron, on aurait les jambes pleines de piqûres, on appliquerait de la calamine dessus et ça nous soulagerait. On déjeunerait santé, puis on irait marcher dans la montagne sans jamais parler de choses comme faire l'amour. Pas tout de suite, en tout cas.

Je n'ai plus envie d'angoisser parce que je suis collante, parce que j'ai peur d'être laide toute nue, parce que je ne sais pas s'il faut faire du bruit même si on n'aime pas ça, parce que je n'ai pas envie de faire l'étoile dans un lit étranger.

Ses draps sont peut-être piquants ou malpropres.

Peut-être qu'il n'a qu'un seul oreiller.

Est-ce qu'il faut traîner son propre oreiller quand on va faire l'amour ?

Sûrement que non, mais je le demande à madame la Vie quand même. Au cas où.

Pierre chuchote fort :

— Dernière porte à gauche. Fais pas de bruit.

Sa voix d'homme me donne de mauvais frissons, elle est différente, trop sérieuse, presque autoritaire. La maison sent les garçons et le caoutchouc des pneus de vélo, je l'avais prédit. Il n'y a rien de doux, rien de chaleureux, seulement une odeur masculine qui me rend mal à l'aise. Je dépose mes souliers au bout de la rangée d'espadrilles et je marche sur la pointe des pieds le long du couloir.

Les couloirs inconnus font peur. Il y a le sexe qui m'attend au bout. Mes chevilles craquent, la gauche plus que la droite, ma robe vert gomme-à-la-menthe-gazon-frais-coupé-sucette-à-la-lime colle sur mes cuisses et dans le bas de mon dos. Je suis collante. Dans la chambre de Pierre, toute petite, suffocante, il fait noir, noir corbeau, noir chauve-souris, noir chapeau de sorcière.

Je cherche Pierre avec ma petite voix mélangée.

— Pierre ?

Je l'entends, il brasse les draps de son lit.

— J'suis en dessous des couvertes, Billie.

Il aurait quand même pu attendre. Il aurait pu rester debout avec moi, simplement rester là, tout habillé ou en bobettes pour que je puisse m'appuyer sur lui en enlevant mes bas (même si ce soir je n'ai pas de bas, façon de parler, l'image était belle), pour ne pas trébucher. Il aurait pu s'asseoir au bout du lit, tout habillé, torse nu ou en pyjama, attendre que je me déshabille, se cacher les yeux pour me faire rire, regarder entre ses doigts pour m'énerver. Il aurait aussi pu m'attendre au fond du couloir, m'ouvrir la porte, faire une révérence, sourire avec un coin de sa bouche, le gauche ou le droit, je m'en fous. J'aurais trouvé ça drôle et on aurait ri, assis en tailleur sur son lit à se dessiner des maisons et des chats avec le bout de nos doigts partout sur le dos.

Mais il est déjà couché, semi-endormi, semi-je m'en fous de toi.

Il est déjà sous ses draps, torse nu, tout nu peut-être, je ne peux pas voir, il fait trop noir.

Je ne sais pas si je dois me déshabiller moi-même tout de suite. Ou si c'est à lui de faire ça. Je ne sais pas quoi faire et je dois me dépêcher quand même.

Il ne me dit rien, il ne me guide pas, il ne m'aide pas, je suis toute seule.

Alors, je détache mes cheveux, je fais descendre mes bretelles sur mes épaules, je fais glisser la robe à mes pieds, je la lance pas loin avec mon gros orteil.

Je suis en petite culotte, j'ai les seins à l'air dans le noir, dans une chambre avec un garçon dans son lit. Un lit qui m'attend. Mais un garçon qui ne m'attend pas tant que ça, on dirait.

J'ai un peu mal au cœur, c'est peut-être à cause de l'alcool et du jus d'ananas, je sais pas.

Enfin, il me dit de venir me coucher en dessous des couvertures, en dessous de ses draps bien minces. Je suis gluante. Il me dit de faire attention à ma tête, qu'il y a une étagère au-dessus du lit, elle est clouée bas. Dans le noir, j'aurais pu me cogner.

— Billie, viens-t'en. J'ai un oreiller pour toi.

Un oreiller pour moi. Pour moi. Au moins.

Je grimpe sur le lit, j'écrase sa jambe gauche, je m'excuse et je me cache sous les draps, droite comme un piquet à côté de lui, les bras le long du corps, les seins qui pointent le ventilateur qui fait du bruit. S'allonger dans le lit d'un homme, c'est quelque chose de fou.

Pierre enroule son bras autour de mes épaules, il est chaud juste assez, j'appuie ma tête dans son cou, on a presque l'air amoureux, on a presque l'air d'être capables de s'aimer.

En fait, c'est ce qu'on est : des pas capables. Ou c'est peut-être seulement lui, l'incompétent de l'amour.

Pierre l'incompétent de l'amour.

Ça ne sonne pas faux du tout, c'est tellement triste.

Pierre respire fort, son cœur bat rapidement, ça m'étonne. Moi, j'essaie de ne pas trop faire de bruit en expirant, j'ai peur que mon souffle le dérange, j'ai peur de gâcher le silence. J'ai encore plus envie de me coucher sur le ciment de son perron à la belle étoile, ce serait déjà plus doux que de ne rien dire dans un lit presque inconnu.

J'appuie mon menton sur son torse bien dur, bien lisse, je regarde son cou dans le noir. Il sent le sport et le dehors. Sa nonchalance me picote le cœur. Moi, j'ai mis un nouveau parfum au pamplemousse et au gâteau à la vanille. Je sens sûrement aussi, tout d'un coup, l'angoisse, la gêne, la peur. Je ne sais pas pantoute quoi faire de mon corps.

On reste comme ça un peu moins d'une minute, mais ça me semble long comme douze, puis il dit tout, tout bas :

— Faudrait peut-être s'embrasser ?

Oui, faudrait peut-être commencer par se donner des baisers sur la bouche, on verra après. Il s'approche, colle son corps au mien, serre encore plus fort son bras autour de moi, nerveuse et toute collante. Ma bouche touche son menton. Il le baisse. Et on se touche des lèvres. Ouvrir et fermer la bouche, sortir et rentrer la langue, ouvrir et fermer les yeux. Nos mains ne bougent pas, elles sont figées. Nos pieds se touchent, eux, c'est moins gênant, nos orteils flattent nos tibias. Puis les baisers deviennent plus fous ; ils sont excités, nos baisers. Ça brûle dans le bas de mon ventre et je sens Pierre qui s'énerve un peu. Nos mains se défigent, les siennes se promènent dans mes cheveux, les miennes agrippent sa peau de sportif, sa peau dorée.

Pierre s'arrête, il décolle nos bouches folles et il ouvre même les yeux, je les vois briller dans le noir.

– C'est moi que tu veux ? Je veux dire, c'est avec moi que tu veux faire ça ? T'es une fleur, je veux pas tout gâcher.

Je le trouve con de nous interrompre pour me dire que je suis une fleur. C'est con d'être une fleur quand on s'apprête à faire quelque chose de sexuel, pour ne pas dire l'amour (on n'en est pas là). Je n'ai pas envie d'hésiter.

– Oui, oui, Pierre, oui, c'est correct.

Et je recolle nos bouches mouillées. On n'en parlera plus, je crois. J'espère, j'ai comme hâte que ça soit fait. Je veux m'en débarrasser, ça me pèsera moins après.

Et nos yeux se referment ; l'interruption nous a gênés. Ses doigts se détachent de mes cheveux mêlés, ils suivent la ligne de mon corps, ils évitent mes seins qui ont froid, leur sommet frôle sa peau. Ses doigts rejoignent mes hanches, ma petite culotte. Pierre fait glisser l'élastique vers le bas jusqu'à mes genoux.

Je suis toute nue avec un homme-garçon dans un lit d'été, dans des draps qui piquent sur la peau, toute nue dans une chambre, en dessous d'un ventilateur qui fait du vent, qui fait du froid, qui mélange nos odeurs.

Je suis toute nue pour vrai de vrai. Rien pantoute sur la peau, rien qui me cache le corps, rien qui me réchauffe. C'est le corps de Pierre qui met du chaud sur moi et c'est le ventilateur qui vient me mêler, me refroidir, qui fait en sorte que j'ai chaud, puis j'ai froid, puis j'ai chaud.

Ma petite culotte reste accrochée à ma cheville gauche, ses grandes mains de grand gars touchent mes fesses de fille qui ne sait pas ce qu'elle fait. Il les serre fort et doucement en même temps. Et il guide tout ce qu'on fait. On ne dit rien, j'ai la tête lourde et le corps raide, même si je crois que tout serait plus simple si je me ramollissais un peu.

Tout est à l'extérieur de moi.

Pierre sur moi, ça me fait feeler bizarre. C'est bon et sain, et pas bon et pas sain. Je sais pas.

Il touche du bout des doigts entre mes jambes, c'est doux. Il s'énerve des mains et de la bouche.

Et il va où personne n'est allé.

C'est de la douleur que j'ai dans le corps maintenant, mais je veux qu'on le fasse. Au complet, complet, complet, et qu'on n'en parle plus même si on est gênés après.

Parce que, à ce que je vois, là en ce moment, le sexe, ça gêne.

J'ai mal aux muscles, ceux des cuisses, ceux de la mâchoire, ceux du bas du ventre pendant qu'il va où il va, je ne sens rien qui puisse me rendre folle, je ne sais pas comment m'exciter.

Je ne sais vraiment pas comment m'exciter. Ou quoi faire de ce que je sens en dedans de moi. C'est long et pas fluide.

Et ça ne finit plus. C'est plus long que ce que j'imaginais. J'ai le temps de penser à tout, à son corps tout nu, à la texture de tout ça, à l'ampleur de tout ça, j'ai le temps de tout sentir, de tout analyser, d'avoir mal aussi. Je regarde le plafond, ses épaules, le plafond, ses épaules. Je ne sais pas quoi faire de mon corps, mais Pierre ne semble pas trop dérangé.

Puis il s'arrête avant que je puisse comprendre comment fonctionne le plaisir.

On est essoufflés. Lui plus que moi, c'est normal, je crois. Je sais pas.

Il me demande si ça va, comme un gentleman, un vrai. Et ça me rassure. Je réponds que oui.

Et il chatouille mon épaule avec sa bouche comme pour me donner de la tendresse, mais ce n'est pas très sincère, alors j'embrasse son cou en lui souhaitant bonne nuit, beaux rêves.

Et je dors, mais pas longtemps parce que moi j'ai mal à mon corps de femme. Je compte les tours du ventilateur.

En attendant qu'il se réveille, je pense à comment je vais raconter tout ça, à qui je vais le raconter.

Je vais pouvoir écrire dans mon journal, au stylo rouge foncé bien gras, que je ne suis plus comme avant. Je pense que j'écrirai :

Allô la terre allô le monde allô la vie j'suis plus vierge gnan gnan gnan.

Oui, c'est ça que j'écrirai.

J'ajouterai peut-être que ce n'était pas si bon, que ce n'était pas miam dans le corps, mais que Pierre était doux. Il voulait que ça soit beau le plus possible, à sa manière. Il ne sait peut-être pas qu'il est maladroit. Il est pardonné. Je suis heureuse au fond, d'être avec lui, de sentir son corps peser contre le mien, notre intimité me rend fière et je suis bien. Mais j'ai envie de pleurer.

Je me lève du lit, je cherche ma petite culotte, ma robe verte, mon cœur d'enfant-femme. Je me rhabille. Les femmes pleurent en silence, je crois, ou en cachette. Alors, j'attends pour pleurer, pas que je sois triste, mais je crois qu'on doit pleurer pour chaque grand moment, c'est comme ça.

Sans dire un mot je quitte la pièce et marche le long du couloir sans faire attention au bruit de mes pas sur le vieux plancher de chalet. Je renifle, j'ai le nez et le coin des yeux pleins d'eau salée. Je vois flou, je ne vois rien, je vois en double, je vois en noir. J'enfile mes souliers à paillettes et je sors. Il fait frais dehors, les moustiques bourdonnent autour de la lumière dans l'entrée, la montagne est belle, je vois la ville de haut. J'aime mieux la montagne, la nuit et la ville plutôt que l'amour à travers les yeux de Pierre, finalement. C'est plus réel, plus concret.

Le soleil est loin de se lever, ça me fait peur de devoir attendre si longtemps avant de voir la lumière du jour.

Je ne suis pas prête à en parler à ma grande sœur, je l'appellerai plus tard, j'aime mieux passer un moment de silence avec une fille au cœur du même âge que le mien. Je compose le numéro de Daphné, on parle un moment, elle est toujours au bar, je parle fort. Je souhaite que le bruit réveille Pierre et qu'il sorte de son chalet en courant, en caleçon, torse nu, yeux collés, en me criant de revenir. La lampe de sa chambre reste éteinte. Il dort sûrement encore, les yeux et le cœur fermés, évidemment.

J'attends, je veux sentir mon corps au complet, me désengourdir. J'attends Daphné dans les escaliers de la maison bleue comme les yeux de Pierre, comme la slush, comme ma langue l'été.

Je me répète que je suis une femme à partir de maintenant.

9

PIERRE CŒUR DE MALAISE

Dans ma chambre il fait froid, les fenêtres sont grandes ouvertes et l'automne prend sa place sérieusement. Quand Daphné est venue me chercher chez Pierre hier, je n'étais pas capable de dire quoi que ce soit, ma bouche était cousue, les mots ne sortaient pas, ma pauvre amie brûlait d'envie de tout savoir. Mais on dirait que je voulais garder ce moment-là juste pour moi un petit peu. Pour le repasser dans ma tête comme il faut, l'analyser, l'apprivoiser, le rationaliser. C'était tellement essoufflant à vivre qu'une fois dans la voiture, je n'avais plus l'énergie pour essayer de raconter comment c'était. Ça ne se raconte peut-être même pas. Faudrait que je m'informe.

Sur la route, on écoutait ma chanson préférée, un vieux *hit* de madame, Daphné chantait fort et très mal, moi je chantais dans ma tête parce que ma voix était en congé, fatiguée morte. Et aussi parce que c'était la chanson que Pierre sifflait du bout des lèvres au dépanneur. Ça me rappelait sa belle bouche et les notes justes de son sifflement dans l'air d'été, sur le trottoir qui brûlait mes pieds. C'est une chanson qui parle de canicule et d'amour fou, le poil se levait sur mes bras et sur mes cuisses, j'étais étourdie, la campagne était belle, un peu orange.

Ce matin, avant de me recoucher pour une sieste, j'ai appelé Annette, mais je n'ai pas voulu lui raconter ma soirée tout de suite. Elle m'a changé les idées en me parlant de Simon, elle le rejoint ce soir pour étudier, mais c'est sûr qu'ils vont s'embrasser toute la soirée. Annette dit que cette fois-ci, c'est la bonne et qu'elle va arrêter de lui briser le cœur une fois pour toutes.

Je m'ennuie d'elle.

La soirée d'hier m'a terrifiée un peu aussi, c'était tout sauf une soirée aux chandelles avec des pétales de roses bleues, des fraises trempées dans le chocolat et des promesses d'amour. C'était plutôt un chalet bleu qui sent le cycliste et des échanges gênés de sexe pas sûr. Mais j'aime l'idée que ce n'était pas exactement comme dans mes attentes et mes rêves d'ado. C'était maladroit. Notre histoire est loin d'être parfaite, mais elle est unique au moins. Ça me ressemble, je pense. Dans le fond, il faut oublier les contes de Disney et les histoires de princesse qui trouve son prince charmant. C'est tout sauf ça, la vie, la vraie. Il faut juste attendre ou la provoquer un peu, et se laisser porter par nos envies. En tout cas, moi, c'est ce que j'ai fait et je suis assez bien dans ma peau aujourd'hui, le lendemain de la soirée la plus marquante de ma jeune vie. Je me sens bien parce que je ne suis pas si différente d'avant, juste un peu plus grande du cœur, c'est tout. Ça me rassure. J'ai la même face picotée, les mêmes bras et les mêmes jambes.

Dehors, les feuilles sont vertes encore, mais l'air est froid et le ciel est plus gris, moins bleu. De toute façon, le bleu, c'est une couleur qui me donne des frissons maintenant. Elle me fait encore penser à la slush qui colorait ma langue cet été, à ma rencontre avec Pierre au dépanneur, à sa maison de la même couleur, à son pull doux qui sent le pneu de vélo cher, le sport et le dehors. Il est presque midi et je suis encore dans mes draps, ça cogne à la porte tout doucement, c'est mon père qui est gêné d'entrer.

— Billie le chou, est-ce que tu dors ?

— Je dors pas pantoute !

Il porte un veston en tweed brun, une chemise blanche, et son nœud papillon. Il revient sûrement de l'hôpital. Il se met toujours beau pour travailler, ça attendrit ses patients. Il s'assoit au pied de mon lit et frotte sa barbe grise.

— Tu fais la grasse matinée !

— Oui, c'est vraiment épuisant d'être moi.

Il rit, ça me fait rire, on rit, j'aime les midis comme ça.

— Ça adonne bien que t'aies rien de prévu aujourd'hui, j'ai une bonne et une mauvaise nouvelle à t'annoncer.

— La mauvaise avant !

— J'ai vendu notre belle Subaru...

Mon cœur fait trois tours. Mon père ne me laisse même pas le temps de lui exposer mes caprices d'enfant gâtée qu'il enchaîne :

— La bonne nouvelle, c'est qu'on part en vélo cet après-midi et on fait le tour des concessionnaires louches pour nous trouver une autre voiture ! Me pardonnes-tu ?

Je regarde par la fenêtre de ma chambre, la voiture n'est plus dans l'allée. Je n'y ai pas porté attention hier quand Daphné m'a déposée à la maison. L'asphalte est vide, on voit juste des vieux traits de craie rose, je dessine encore sur l'asphalte quand j'ai du temps à perdre. C'est mon côté enfant qui ne veut pas s'en aller.

— OK, mais je prends le vélo vert qui va plus vite !

Il sert ma main pour officialiser notre entente et embrasse mon front.

— Je m'habille et je te rejoins dans le garage !

— OK, ma Billie-Lou !

— Appelle-moi pas Billie-Lou !

— Pourquoi ?

— Parce que !
— Parce que quoi ?
— Parce que c'est con comme nom.
— Billie le chou ?
— C'est mieux, merci...

Il ferme doucement la porte, l'air un brin confus. Un jour, je lui expliquerai, mais pas tout de suite.

Dans le garage, ça sent la tondeuse pleine de gazon et un peu les poubelles parce que mon père n'est pas vraiment doué pour se souvenir qu'il faut mettre les sacs au chemin le mardi soir. Il gonfle les pneus du vélo vert.

— C'est bien parce que je t'aime que je te laisse le vert ! Je vais avoir l'air de quoi, moi, à pédaler sur un vélo mauve avec un panier à fleurs ?
— Tu vas avoir l'air d'un papa très ouvert d'esprit !
— T'as raison, Billie, t'as raison...

Les pneus bien gonflés, j'enfourche le vélo vert, mon père traîne le mauve hors du garage et embarque à son tour en riant. Je pédale jusqu'au stop et je m'arrête pour le regarder ; son sourire est plus large que jamais, ses cheveux gris volent au vent, je donnerais n'importe quoi ou presque pour pouvoir le prendre en photo comme ça.

Le premier concessionnaire est à dix minutes de vélo. Je prends les devants, mon père me suit de près, on roule assez lentement pour jaser. Je lui raconte mes anecdotes de parc aquatique, je lui chante des extraits de mes chansons préférées, il m'explique c'est qui Kevin Bacon. Il me dit que c'est un acteur américain aux yeux bleus, célèbre pour son rôle dans un film de danse méga populaire des années quatre-vingt. Ça me fait sourire quand je pense qu'il l'a comparé à Pierre l'autre jour après avoir vu sa photo dans le journal, mais je change rapidement de sujet, je lui parle de

Daphné, d'Annette et de son Simon que je trouve beau. Il m'écoute, il commente, je parle beaucoup, le vent nous fouette la figure, nos joues deviennent rouges. On arrive vis-à-vis du concessionnaire, on passe tout droit, on s'en rend compte, mais on a juste le goût de pédaler encore et de jaser encore. Le deuxième est à cinq minutes, on continue de pédaler. La rue est calme, mon père roule à côté de moi, on avance plus lentement que lentement.

— Papa, laisse faire le magasinage de voitures, on prend la piste cyclable pis on roule jusqu'à tant qu'on soit plus capables.

— C'est vrai que c'est un meilleur plan. Mais on n'a vraiment plus de voiture, là. Juste nos vélos et nos jambes...

— C'est ben en masse, je trouve.

— T'as raison, Billie. En plus, c'est bien meilleur pour le cœur.

— Y a juste cet hiver qu'on va trouver ça moins drôle...

— On verra en temps et lieu !

Il me fait un clin d'œil de père satisfait et il se met à pédaler fort, je le suis du mieux que je peux, mes longues jambes ont de la misère.

La piste cyclable longe la route de campagne qui m'a menée au travail tout l'été, qui mène à la brasserie et chez Pierre aussi. Je tiens mon guidon à une main parce que je fais des bye bye aux vaches comme d'habitude. Mon père me dit de me concentrer sur la route, moi je crie : « Allô les madames ! » et ça le fait rire. Une fois arrivés au village, j'ai les jambes en compote et mon père est essoufflé comme un vieux papa pas habitué de rouler aussi longtemps.

— Billie, j'ai le goût d'un bon burger de la brasserie, ça fait mille ans que j'y suis pas allé !

Mon cœur arrête presque de battre, il a raté un bond, je crois.

— Ben non, on a mangé là pour ma fête y a deux ans...

— C'est ça ! Deux ans sans burgers de la brasserie, c'est comme mille ans !

Pas le choix, je dois le suivre, je le vois dans ses yeux qu'il meurt d'envie d'engloutir un burger et des frites grasses. Moi, j'hésite. J'ai envie d'y aller pour voir Pierre avec mes yeux de femme, ou je suis terrifiée à l'idée de croiser son regard ? Sans que je puisse essayer de le faire changer d'idée, mon père repart en direction de la brasserie, il me crie de rouler plus vite.

On barre nos vélos dans le stationnement, j'essaie de cacher mon angoisse. Mon cœur bat vite et j'ai chaud, ma nuque est brûlante et mes cheveux collent sur mon front. Encore. Je me répète que Pierre ne travaille peut-être pas aujourd'hui. Ou à cette heure-ci.

La terrasse est fermée, les chaises sont entassées dans un coin, cadenassées, c'est beaucoup moins joyeux qu'en été, c'est moins coloré et moins vivant, la brasserie n'est pas aussi charmante. En entrant, j'aperçois la propriétaire en premier, elle astique des verres derrière le bar et chante par-dessus la musique, elle m'adresse un gros sourire et un plus gros encore à mon père. Les femmes lui sourient souvent avec toutes leurs dents. Il faut dire qu'il est beau. Elle nous indique une table au fond du restaurant, mon père s'y précipite en commandant deux Seven Up grenadine « ben frettes et ben pétillants avec pas trop de sirop ». Quand on est ensemble, j'ai souvent l'impression qu'il a dix-sept ans, lui aussi. Le reste du temps, il est sérieux comme un vieux père, ça lui fait une bonne moyenne.

Mon père s'assoit rapidement à la table et ouvre le menu en récitant à voix haute tout ce qui lui plaît. J'avoue que je n'ai jamais eu aussi peu faim de toute ma jeune vie, je lis les noms des burgers et ça m'étourdit, surtout celui au bacon cheddar oignons *pickles*.

— Ma Billie, je pense que je vais prendre celui au bacon cheddar oignons *pickles*, toi ?

— Arke !

— Quoi ?

— C'est celui qui a l'air le moins bon...

— Est-ce que t'es en train de jouer aux contraires et j'suis pas au courant ?

— T'es con !

— On dit pas à son père qu'il est con !

Je rougis, puis on rit tous les deux. Je fais des bulles dans mon Seven Up grenadine avec ma paille, j'oublie presque Pierre qui sert peut-être des clients à quelques pas derrière moi.

— Moi, je vais prendre le végé burger, je pense...

Mon père grimace et finit son breuvage d'un trait, puis ses yeux s'arrondissent. Il se met à chuchoter :

— Billie ! C'est Kevin Bacon !

Mon cœur se met à paniquer et la chaleur m'envahit encore une fois. Je fais comme si je ne comprenais pas.

— Kevin qui ?

— Je viens juste de te l'expliquer ! C'est le p'tit cycliste qui ressemble à l'acteur, là !

— Ah, oui, oui... Y est ici ?

— Oui, il sert des burgers, il travaille ici ! On pourrait le féliciter !

— Le féliciter pour quoi ?

— Paraît qu'il a tout gagné cet été !

— Bah, ça devait pas être des grosses courses importantes, papa...

— Hé que t'es négative !

Il lève le bras et l'agite pour attirer l'attention de Pierre, je suis rouge mauve bleue, j'ébouriffe mes cheveux pour essayer d'être un peu belle pour lui à la dernière minute. J'entends des pas s'approcher de la table, le visage de mon père s'illumine, j'entends la voix de Pierre, mon visage s'assombrit. Pierre se tient près de notre table pour noter notre commande sur son calepin.

— Bonjour, vous êtes prêts à commander ?

— Oui, oui, super prêts, mais on voulait aussi vous féliciter pour votre coup de pédale. Ma fille et moi, on a tout lu ça dans le journal cet été. Toujours le fun de voir que les jeunes du coin brillent dans une discipline !

Je sens le regard de Pierre sur moi pour la première fois depuis qu'il est à notre table. Il semble assez relax, il sourit poliment comme un serveur obligé de sourire. Il me donne l'impression que c'est normal pour lui de croiser une fille avec qui il a fait l'amour la veille. J'esquisse un sourire forcé malgré moi, je replace une mèche derrière mon oreille, j'essaie d'avoir l'air élégante, nonchalante et pas stressée. Comme lui.

— Salut, Billie.

— Ah, Pierre ! Allô ! Heu… lui, c'est mon père… Papa, je te présente Pierre Forêt.

Pierre dépose son calepin et tend la main à mon père, galant, à l'aise.

— Monsieur Fay, c'est un plaisir.

Mon père serre sa main fermement.

— Je savais pas que ma Billie avait des amis célèbres ! C'est un honneur, Pierre.

Pierre se tourne vers moi en reprenant son calepin sur la table.

— Billie, qu'est-ce que tu veux manger ? Je te fais une double portion de frites pour le même prix, c'est *on me*.

— Je vais prendre le végé burger avec les rondelles d'oignon, juste une portion, c't'assez.

— Comme tu veux. Pour vous, monsieur Fay ?

— Celui au bacon avec tout dedans, s'il vous plaît!

— Noté! Je vous apporte ça.

Mon père me dévisage et croise les bras, il reste silencieux en souriant. Puis il se met à parler d'autre chose, il se doute sûrement que je n'ai pas envie de m'expliquer tout de suite, à la brasserie.

On jase d'école et de poèmes une dizaine de minutes et Pierre arrive avec nos plats. Il frôle mon épaule avec sa main en quittant notre table, mais mon père ne voit rien, il a déjà les deux mains dans son assiette. Je me force à avaler toutes mes rondelles d'oignon et je laisse un gros morceau de boulette végé dans mon assiette. J'ai tout de même une vague envie de la grignoter un peu encore pour sculpter un cœur dedans, mais j'ai trop peur que Pierre soit embarrassé par mes messages d'amour peu subtils.

La propriétaire de la brasserie débarrasse rapidement notre table parce qu'un couple attend qu'on parte pour prendre notre place. Mon père paie l'addition, moi je sors directement du restaurant pour respirer l'air frais. Je me sauve de Pierre et de nos malaises postsexuels.

Je débarre les vélos et j'enfourche le mien. Mon père me rejoint et on s'éloigne sur la route de campagne, le soleil se couche lentement à l'horizon.

Lorsqu'on tourne enfin le coin de notre rue, mon père donne un gros coup de pédale pour qu'on puisse finir notre promenade côte à côte. Il prend une voix douce de père qui comprend :

— Billie, tu m'as jamais dit que tu connaissais le p'tit Pierre...

— Ouin, je sais pas pourquoi.

— C'est-tu parce que t'es amoureuse de lui ?

— Oui.

— J'comprends.

On continue de pédaler, mes doigts sont gelés, mon cœur est chaud, le calme de mon père m'apaise. En rangeant nos vélos dans le garage, il me propose de regarder *Save the Last Dance*, mon film préféré. Je décline sa belle invitation et je le serre dans mes longs bras picotés.

— Merci pour le burger papa, c'tait bon.

— Je t'aime, ma Billie Fay.

Il comprend tout et ça me fait du bien de ne pas avoir à lui expliquer. Je vais mieux dormir.

10

PIERRE MULTICŒURS

J'ai écrit dans mon journal intime au crayon-feutre rouge cœur à la cannelle :

Septembre dehors, je suis une femme, c'est cool je pense, ou pas, je sais pas, je suis une femme, ça change rien jusqu'à maintenant.

Je l'ai écrit en grosses lettres, ça prend toute une page.

Mais c'est vrai que jusqu'ici, ça ne change rien.

J'ai écrit à Pierre ce matin. Il ne répond pas. Je l'invitais à boire une slush à la framboise bleue avec moi. Il manque quelque chose. Ça fait une semaine depuis les burgers avec mon père et on ne s'est pas reparlé, j'ai comme un pressentiment qu'il n'a plus du tout d'intérêt pour moi. J'ai de la difficulté à le suivre. J'aurais aimé ça qu'il me le dise ou qu'il m'écrive une lettre pour m'expliquer qu'il ne m'aime pas, qu'il n'a pas le temps, qu'il n'a pas le cœur à ça. Au moins, je saurais. Il aurait même pu m'écrire quelque chose de presque méchant et d'un peu doux en même temps, comme ça peut-être :

Billie-Lou,

Est-ce que je t'ai fait mal, est-ce que je t'ai fait de la peine ?

Est-ce que c'est parce que je suis pas capable de t'aimer ?

Parce que non, je suis pas capable. Toi, es-tu capable ?

J'espère que non parce que ça me fendrait le cœur (ouais, j'ai un cœur finalement).

T'es belle en maudit. C'est compliqué les sentiments.

Bye,

Pierre

Rien de compliqué, juste la vérité dans le fond. C'est mieux que de s'imaginer des choses, c'est mieux que de rester dans le néant. Je lui aurais répondu un peu comme ça :

Salut Pierre plein de cœurs,

Je suis amoureuse de toi. Maudit.

Bye,

Billie-Lou-pus-de-cœur-du-tout

Mais il ne m'écrit pas, je n'ai plus de courage ni d'énergie et mon cœur est essoufflé, fatigué.

J'en avais vu d'autres avant Pierre Forêt ; des bruns, des brun foncé, des châtain clair, des roux et tout, mais des blonds, ça ne court pas les rues.

Des blonds avec des yeux bleus non plus.

Je suis tombée amoureuse de couleurs.

Un blond collier-en-or-champ-de-blé-popcorn-au-beurre avec des yeux bleu bleuet-du-Québec-mer-des-Caraïbes, il y en a juste un. C'est celui-là, celui qui sert des burgers, qui roule à vélo et qui passe dans les journaux, qui brille des cheveux, des yeux, du dedans, du dehors, c'est lui qui a su me squeezer le cœur. Il a su me faire rougir les joues, me foutre des étoiles dans l'œil droit, puis dans le gauche, m'embellir, me creuser des fossettes sur les deux joues.

J'en ai croisé souvent des beaux garçons qui reluisent, qui marchent droit, la tête haute, les épaules en carré, les cheveux un peu longs, les dents droites, le sourire qui *shine*. Mais Pierre, lui, il est tout ça, en plus d'avoir toutes sortes de cœurs en lui ; des cœurs en forme de plein de choses, des cœurs qui décident de tout, des cœurs doux, super doux, des cœurs durs aussi. Pierre a tout plein de cœurs bien cachés en lui.

Je sais par exemple qu'il a un cœur en crème solaire, un autre qui goûte le fond de bière, un autre en forme de chanson triste, un autre qui goûte les burgers de brasserie, un autre en roche vraiment dure. Dernièrement, j'ai vu un de ses cœurs qui était tout nu et qui aurait pu goûter la calamine puis un autre qui frôlait le malaise, mais je crois que celui qui fait battre tous les autres, c'est son cœur en slush bleu framboise bleue qui fond et qui fond et qui fond et qui me gèle le front et qui fond et qui fond.

Moi, j'ai deux cœurs seulement ; un de fille, l'autre de femme. Ils se mélangent malgré moi et ça me fait mal chaque fois.

Puis, tout d'un coup, je repense à la lettre de ma mère qui attend sur ma table de chevet, c'est plus fort que moi. L'enveloppe est mâchouillée par le voyage, l'écriture est ronde et appliquée. À la place des points sur les « i » de mon prénom, ma mère a dessiné des cœurs rouges.

Deux cœurs rouge vernis à ongles.

Je déchire l'enveloppe fatiguée et je tire sur le papier plié en quatre, bien serré, tanné d'être plié. L'encre passe à travers comme si les mots de ma mère étaient pressés de parler.

Je suis contente dans le fin fond de moi que ma mère soit pressée de me parler sur du papier mâchouillé. La lettre date du début d'août, c'est écrit « 4 août » dans le coin en petit, avec un soleil et un nuage qui pleut un peu, un palmier mal dessiné et trois petites noix de coco. Il y a aussi, collé avec un collant en forme d'étoile de mer, une photo en plan serré du visage de ma mère, tout plein de taches de rousseur et de coups de soleil. Elle sourit, mais pas trop.

Elle écrit :

Billie-biscuit,

Je manque ton premier grand été. Celui qui va peut-être te grafigner le cœur.

J'ai peur qu'il y ait un trou dedans quand je vais revenir.

Annette est là, papa aussi. Je suis sûre qu'ils gardent un œil sur toi.

Fais attention à ce qui brille trop.

On se souvient longtemps, longtemps de cet été-là.

Pour toi, c'est celui-là.

J'ai tout plein de coups de soleil, crème-toi bien si tu ne veux pas ressembler à un crabe ou à un homard, ou à n'importe quelle autre chose bien rouge.

À bientôt,

Maman

J'ai hâte que ma mère se tanne de tresser des cheveux, qu'elle assume sa vie de femme qui vieillit. J'ai hâte qu'elle débarque sur la véranda avec sa petite valise à roulettes, qu'elle cogne à la porte doucement avec ses jointures fragiles. J'ai hâte de voir les yeux de mon père s'arrondir et se remplir de vagues d'eau salée. De voir ma mère plier son linge pour le ranger dans ses tiroirs. Que mon père n'ait plus à engager Simon pour peinturer le gazebo. Qu'il n'ait plus à écrire des poèmes tristes dans son journal en essayant de me faire croire qu'il fait des listes d'épicerie. J'ai hâte aussi qu'elle vienne s'asseoir au pied de mon lit, qu'elle me dise de ne pas trop mettre de fard à joues, de me calmer sur le parfum, de brosser mes cheveux comme il faut. Elle pourrait même les démêler pour moi, comme avant, comme une mère qui prend le pouls du cœur de sa fille qui grandit. Comme ça, je pourrais arrêter de toujours les faire sécher avec le vent, j'aurais moins de nœuds dedans, je perdrais moins de temps, j'aurais l'air d'une adulte avec les cheveux lisses.

Elle a raison, c'était mon grand été. Elle a tout manqué.

REMERCIEMENTS

Un merci spécial à Maggie Cabana, Maxime Dumontier, Brigitte Caron, Alex Nevsky et Karine Nadon.

BIOGRAPHIE

Sarah-Maude Beauchesne est scénariste, autrice et comédienne. Parmi ses réalisations, elle a été scénariste pour la série *Le chalet*, en plus de créer et de scénariser *L'Académie* ainsi que *Fourchette*, une web-série nommée aux Gémeaux en 2019 et en 2020, et dans laquelle elle tient également le rôle principal. Chez Hurtubise, elle a publié la trilogie à succès *Cœur de slush* (2014), *Lèche-vitrines* (2016) et *Maxime* (2017), ainsi que le recueil *Les Fourchettes* (2020), condensé des meilleurs textes parus initialement sur le blogue littéraire du même nom, qu'elle a lancé en 2010. Artiste prolifique, Sarah-Maude Beauchesne s'inspire des femmes autour d'elle et de ses amours compliquées pour écrire.

COLLECTION LA RUCHE

Marie-Christine Chartier, *Tout comme les tortues*

Valérie Chevalier, *Tu peux toujours courir*

Valérie Chevalier, *Tu peux toujours rester*

Sarah-Maude Beauchesne, *Cœur de slush*

Sarah-Maude Beauchesne, *Lèche-vitrines*

Sarah-Maude Beauchesne, *Maxime*

Suivez-nous

Achevé d'imprimer en juin 2022
sur les presses de l'imprimerie Marquis-Livre
Montmagny, Québec